走近中国

山东省人民政府新闻办公室　编著

山东友谊出版社·济南

图书在版编目（CIP）数据

走近中国 / 山东省人民政府新闻办公室编著. --
济南：山东友谊出版社, 2024.11. -- ISBN 978-7-5516-
2931-7

Ⅰ. I25

中国国家版本馆 CIP 数据核字第 20249B6V14 号

走近中国
ZOU JIN ZHONGGUO

策划统筹：何慧颖　韩刚立
责任编辑：王　洋　王亚太
封面设计：刘一凡
装帧设计：刘洪强

主管单位：山东出版传媒股份有限公司
出版发行：山东友谊出版社
　　　　　地址：济南市英雄山路 189 号　邮政编码：250002
　　　　　电话：出版管理部（0531）82098756
　　　　　　　　发行综合部（0531）82705187
　　　　　网址：www.sdyouyi.com.cn

印　　刷：山东集优印刷科技有限公司

开本：889 mm×1194 mm　1/32
印张：6.125　　　　　　字数：145 千字
版次：2024 年 11 月第 1 版　印次：2024 年 11 月第 1 次印刷
定价：88.00 元

《走近中国》编委会

主　　任：白玉刚

副 主 任：袭艳春　张桂林　孙应琢

委　　员：赵　伟　王姝婧　李化成　杨　健　孙宪超

执行主编：王风强

执　　笔：薛冰洁　薛曾蕙　任　静　崔亚楠　宋　斐
　　　　　周　昕　吕　娟　王斐然　王　萌　刘泽萱

序

在当今全球化的时代，中国以其独特的魅力和蓬勃的发展势头，吸引着来自世界各地的目光。《走近中国》这本书，犹如一扇窗口，让我们得以窥见那些来自不同国度的人们在中国的经历与感悟。

外国人在中国的故事丰富多彩，他们带着各自的文化背景和期望，踏上这片古老而又充满活力的土地。他们有的人是为了探索神秘的东方文化，有的人是被中国腾飞的经济所吸引，有的人则是为了追寻梦想和机遇，有的人还在这里找到了爱情，建立了家庭。在这里，他们与中国人民相互交流融合、文化相互碰撞，谱写出一曲曲独特而动人的乐章。

本书共分八篇，通过衣食住行及学习、工作、婚恋、消费方式之变，将在华外国人真实的生活故事串珠成线，全方位、立体式展现出来。同时，本书也描绘了中国人实实在在的生活，塑造了可信、可爱、可敬的中国形象，既呈现了中国的成长发展，也是一幅中国与世界交往的缩影。

通过阅读书中的一个个真实故事，我们可以感受到外国人在中国所经历的惊喜与挑战，以及他们在适应新环境过程中的成长与改变。他们见证了中国城市和乡村日新月异的变化，参与了中国社会的发展进程，也与中国人民建立起了深厚的友谊。这些故事不仅仅是关于个体的经历，更是对中国开放与包容的生动诠释，是中外文化交流互鉴的精彩呈现。

值得一提的是，《走近中国》还具有一定的功能性。八个篇章中，每篇都附有一篇常识文，通过讲解一个个的小知识点，告知外国人在面对文化和语言的差异以及隐藏在日常生活背后的不同人文理念时，如何尽快适应中国新的环境，并有效建立起自己的社交网络。

在人物选择上，本书覆盖了来自五大洲15个国家的外国人，他们生活的地点，遍布中国10多个省（市）的城市和乡村。通过记录他们在中国的生活，我们可以更加深入地理解和感受多元文化在中国的融合与共生。它让我们明白，无论来自何方，人们都可以在中国这片广袤的土地上找到属于自己的位置和价值，共同书写人类文明交流互鉴的美好篇章。

相信读者们在阅读这些故事的过程中，会对中国有一个全新的认识和理解，也会对全球化背景下的人类社会有更深刻的思考。

让我们一同开启《走近中国》的阅读之旅，去领略那别样的精彩与感动。

编者

2024年6月

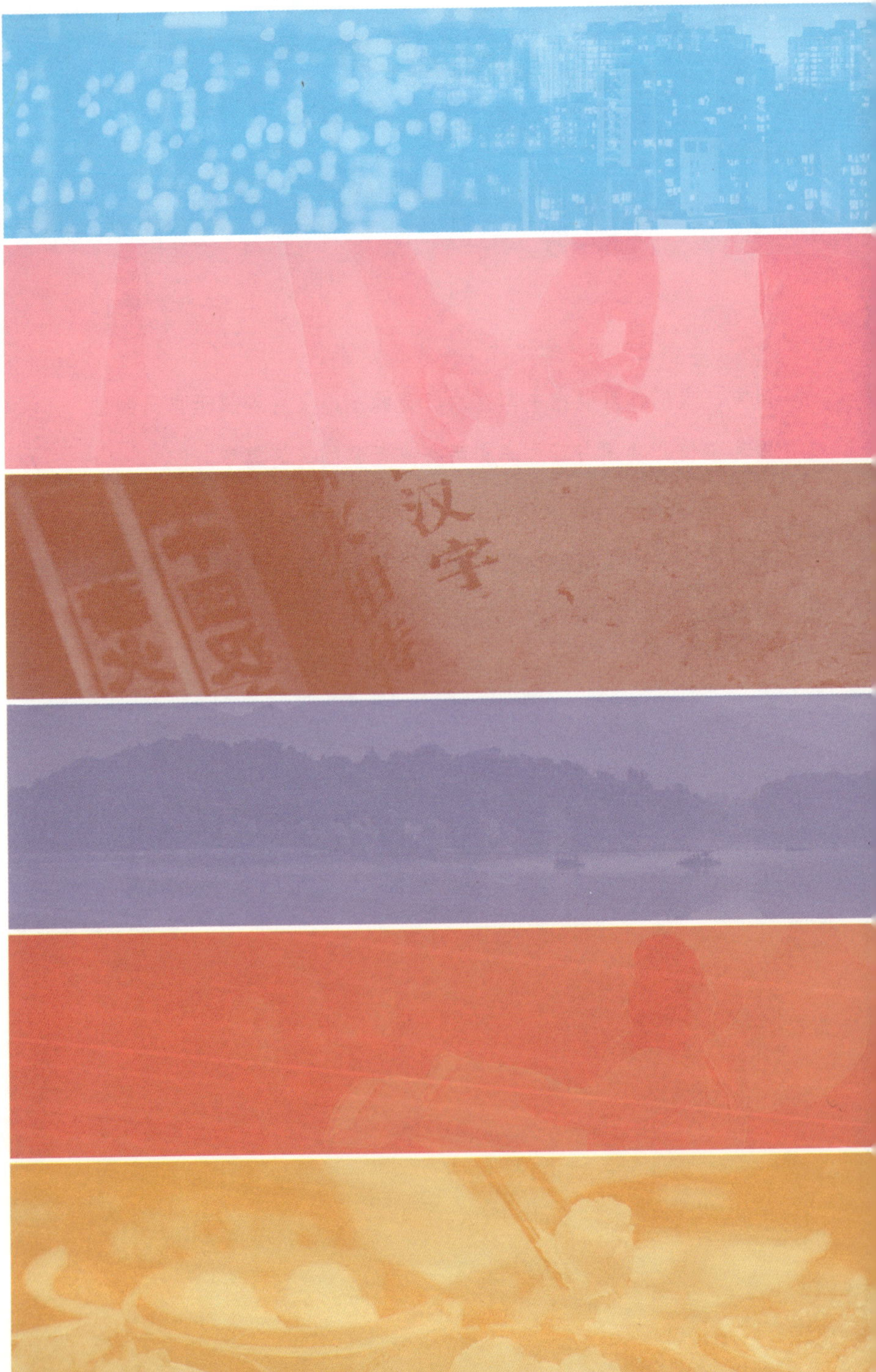
汉字

目录

001　第1篇　居留篇

003　● 我在喜洲开民宿
013　● 我喜欢这里,是因为喜欢这里的人
022　○ 居留指南:东方国度 值得你为之停留

025　第2篇　婚恋篇

027　● "剩男剩女":相互滋养的爱情
037　● 跨越疆界的爱情物语
046　○ 婚恋指南:如何在中国寻得一份真爱?

049　第3篇　求知篇

051　● 我是一座"桥"
059　● "巴铁",好哥们!
068　○ 求知指南:来中国,学什么?

071	**第4篇**	**游历篇**

- 073 ● 钟爱大西北
- 083 ● 别叫我老外，叫我"老铁"！
- 092 ○ 游历指南：打卡中国 看锦绣山河

095	**第5篇**	**衣尚篇**

- 097 ● 法国女孩眼中的东方美学
- 107 ● "汉服使者" 扎根千年古镇
- 114 ○ 穿搭指南：服章之美谓之华 礼仪之大谓之夏

117	**第6篇**	**食美篇**

- 119 ● 中国缘，一"面"牵
- 129 ● 山城"吃货"创业记
- 136 ○ 品味指南：一场色香味俱全的探索之旅

139　　第 7 篇　　消费篇

141　● 城市推荐官
149　● 极简，是一种生活方式
156　○ 消费指南：该省省 该花花

159　　第 8 篇　　乐业篇

161　● 千年瓷都遇见"海"
171　● 有心长作济南人
180　○ 乐业指南：外国人来华工作小贴士

第1篇

居留篇

布莱思·林登

- 国籍：美国
- 出生年份：1962年
- 现居住地：大理喜洲
- 现从事职业：大理喜林苑客栈品牌创始人、作家
- 爱好：武术、书法、收藏
- 未来计划：传播中国文化

我在喜洲开民宿

文 / 薛冰洁 王风强

Part 1 从家政服务员到留学生

1983 年,美国芝加哥。

那一年的林登,还是一个 21 岁的青年。他从事的工作是家政服务。一天,林登敲开了一位老者的家门,简单问候后,他开始了熟悉的工作。长年累月的重复,使得林登在不到两个小时内,就能保质保量地做完这一切。正常来说,结束工作后他会回祖母家洗澡,再到芝加哥西北部上夜校。

不过,今天有点不寻常。

"你能帮我把这面小旗子插在北京附近吗?"老者突然叫住了他。

老者是芝加哥大学的一名教授,68 岁年纪的他去过 72 个国家,每去一处,便在地图上插上一面自制小旗,以作纪念。

这次他刚刚从中国旅行回来。教授把小旗交到了林登的手里。

中国？北京？林登犹豫了，他对此毫无概念，他呆呆地盯着亚洲，不知该把小旗插在何处。教授惊讶极了，带着明显的怜悯停顿了5秒钟，然后把手放在了地图上的中国南部，告诉他北京的位置比这里高14英寸（35.56厘米），于是林登伸手将旗子插在了地图上。

"你想一辈子都干这些吗？"

教授为林登泡上一杯来自中国的绿茶，随后问道。

"当然不！"

林登脱口说出了答案。可是穷困的他又有什么选择呢？教授望着失落的林登告诉他，中国政府希望自己可以介绍一些教英语的老师去中国任教，教授认为中国是世界的未来，想推荐林登去试试看。

这次偶遇后，林登申请了中国教育部发布的留学生奖学金。开始他并未抱太大希望，可没想到的是，三个月后，他竟然得到了批准。

"确定是我吗？"

当质疑再一次被消除，林登激动万分，他将成为全家第一个出国的人，曾经的身份将被告别，新的生活在向他招手，一切像梦一样发生了。

1984年，这是林登到达中国的第二年，22岁的林登背着背包，走在北京语言大学外的街道上，他充满好奇地望着周围的一切，往来的人也满眼新奇地望向这位罕见的外国人。

"你好，请问你有兴趣参演电影吗？"

一辆奔驰轿车在马路边停下，一位中年男士从车窗探出头，向林登问道。那年的林登还听不懂中文，他们走了很远，在一位老师的帮助下，才完成交流。面对这份突如其来的邀请，林登既惊讶又兴奋，他不敢相信，眼前的这位男士，就是北京电影制片厂厂长，而自己也将有幸登上银幕。林登答应了下来。他不禁感叹，中国真是自己重获新生的福地。

这引起了美国哥伦比亚广播电视台的好奇，竟然会有一个外国人在中国拍电影，他们来采访林登，并为他提供在该电视台担任摄影记者的机会。于是往后的每个星期，林登都会和团队在中南海、北京人民大会堂等地采访中国的重要人物。

1986年，林登和华莱士一起采访了当时的国家领导人邓小平。他记得很清楚，当邓小平被问到以后中国是否会回到以前的状况时，邓小平说：肯定不会。这样的坚决，让24岁的林登备受鼓舞，他坚定地相信：

在中国，未来可期！

Part 2 从游历到定居中国

1987年,中国南京。

这一年,林登获得了攻读南京大学—约翰·霍普金斯中美文化研究中心联合硕士的机会,在南京大学校园里,他遇到了他一生的爱人——瑾妮。

瑾妮是出生在旧金山的华人,当时正巧在南京大学交流学习,两人一见钟情。为了有更多的相处机会,林登说服她一起在中国旅行,江西、福建、云南……他们一起坐上绿皮火车去往中国各地,在自然与人群里感受着最真实的生活。慢慢地,那个曾经他在地图上找不到的中国,在林登心中具体而生动起来。

游学结束后,林登与瑾妮回到美国,他在斯坦福大学攻读博士学位,也拥有了体面的工作,过上了别人口中的精英生活。工作之外,林登还去过上百个国家和地区,见识了许许多多的人,体验过各种各样的生活。或许正是去的地方多了,林登发现,许多国家的人民同当初的自己一样,不了解真正的中国是什么样子,这令他深感遗憾。

2004年,林登42岁,这年的他与妻子瑾妮已有了两个儿子,一个5岁,一个8岁。夫妻俩开办了一家画廊,专门展出中国的艺术品，他们拥有舒适的房子，儿子接受了很好的教育，一切稳定而幸福，不过这对林登来说，还不够。

"我们一起回中国吧。"

或许是一时冲动，也或许思考了很久，林登向妻子说出了心底的想法。意外的是，妻子的想法同他一样，她点了点头。

打包行李、变卖房产，还要自己承担两个孩子日后的教育费用，他们孤注一掷，带上所有的东西，踏上回中国的路途。有人指责林登是不负责任的父亲，而他坚定地说：

"中国改变了我的人生，我对中国始终怀着感恩的心，希望能为中国做点什么。"

像一位久别重逢的故友，林登回来了。

随之而来的，还有新的问题：中国如此大，哪里才是自己和家人该落脚的地方呢？林登试图寻找最能展现中国真实面貌的地方，这一找，就是两年的时间。他在火车上度过200多个夜晚，看过福建的土楼、广东的碉楼，还去过江西景德镇、陕西韩城等地，一圈转完，他决定在大理留下，开客栈。

喜洲，大理文化的发祥地之一，这里有26个民族聚居，古老、淳朴，极具包容性。最吸引林登的，是这里没有过分的商业开发，不少古老的宅第都是国家级文物，有自己悠久的历史故事。望着座座历史悠久、设计精美的旧宅,林登沉浸其中且内心欣喜。

Part 3 从老外到"老乡"

2008年,喜洲。

林登的喜林苑开业了。

没有大浴缸,没有落地窗,这所修旧如旧的院落还是"老样子"。开业之前,在当地政府的帮助下,林登请了100多位村民帮忙,花费70万美金,历时18个月,对民国时期著名商人杨品相在1947年所建的私宅进行修缮,宅子里的16个房间,被他打造成16间颇具白族特色的高档民宿客房。

有人说,林登变成了商人,对此,林登没有过多解释,他继续打理着自己的客栈。作为客栈的"活招牌",不少外国人听说了林登的故事,来到喜洲。而林登的"野心"也开始慢慢涌现,他要将真实的中国生活展现给更多人看。

每逢有外国游客前来,林登都会带着他们逛早市、听古乐、采制沱茶、采野山菌、体验扎染、参加节日庆典……甚至当有美国政府官员来到喜洲,他会带着一行人去和村民聊天,带他们去当地理发店剪3块钱一次的头发。在林登看来,

△ 1 1993年林登与瑾妮在旧金山结婚
2 林登为大家讲解白族文化
3 林登与瑾妮在喜洲麦田前

△ 2023年林登与家人合影

中国乡村的魅力，就是中国最大的软实力。

如今，林登的喜林苑在喜洲已拓展到3个院子，不仅是家客栈，做教育也成了喜林苑的新属性。林登每年不仅为本地学生提供免费的学习机会，还与美国的"贵族学校"进行合作，邀请美国的孩子们花5个月的时间来到喜洲，与当地的孩子一起学习中国传统文化。

让林登感到骄傲的是，美国的西德维尔友谊中学就是喜林苑的合作学校，奥巴马的女儿曾在这里就读。这里的学生长大后，很可能会成为影响美国的一群人，可能会是未来的政治领导，可能是音乐家，可能是作家。在林登看来，邀请他们来到喜洲感受中国,就是在孩子心中埋下了一颗关于中国的种子,这无疑是自己最有成就感的事。

2023年,林登在中国过了61岁生日。他已在喜洲生活了近20年,曾经的生面孔,现在已成为和乡亲们亲如一家的自己人。林登与瑾妮的两个儿子也在苍山洱海间长大了,林登还给他们起了中国名字——林峰、林源,如今的他们同父亲一样,接受过高等教育后重新回到喜洲,同父母一起,利用专业所学,帮助父母经营客栈。

现在的林登感慨越来越忙了,不少客人了解了他的经历后,给他起了个有趣的外号,叫"鸡蛋先生",感慨他在中国40年的时间中,已经变成"外白内黄"的人,白皮肤的外表下,有着一颗中国心。

正是源于在中国的丰富经历,2022年,林登还受出版社邀请,撰写了中文回忆录《寻乡中国——林登的故事》,这成了他写给中国的一封情书,他想让中国人民知道,世界上有一些美国人像他一样,真诚地热爱着中国。

李百可

◇ 国籍：澳大利亚
◇ 出生年份：1980年
◇ 现居住地：北京
◇ 现从事职业：配音/脱口秀演员
◇ 爱好：唱歌、美食
◇ 未来计划：找一位中国老公

我喜欢这里，
是因为喜欢这里的人

文 / 薛冰洁 王风强

Part 1 妈妈说：你像一只变色龙

对中国游戏迷来说，你可能没见过她的模样，但你一定听过她的声音。

"First Blood（首杀）" "Double Kill（双杀）" "Triple Kill（三杀）"……热门游戏《王者荣耀》中的经典"五杀"的音效，就来自她的配音。

凭借极具爆发力和穿透力的音色，李百可不仅受到游戏迷的追捧，还在影视配音圈走红，她成了中国向海外输出大剧的宠儿：《琅琊榜》中的静妃、《步步惊心》里的若兰、《小欢喜》里的童文洁……不管是历史剧、穿越剧还是现代剧，100多位电视剧人物经过李百可穿云裂石般声音的雕琢，被外国观众熟识。

"我承认，在配音上我是有天赋的。"

这是李百可对自己声音的评价。不管是英音、美音，又或者是凄惨的哭腔、奸恶的皇后的腔调，没有专业配音基础的李百可，简单练习后都能轻松驾驭。她擅长配音且热爱配音，配音的过程中不仅可以追剧，还可以了解中国历史和文化，不需要面对过多的观众，就能让传播效果最大化，对有点儿内向的百可来说，这简直是太爽了！

她有迅速把控新角色的超能力，妈妈对她说："你像一只变色龙。"

李百可的"百变"，不仅仅体现在声音上，更表现在她对不同地域的适应能力上。来中国之前，她成绩优异却对未来充满迷茫。直到18岁那年，一批中国留学生来到她就读的学校交流，向她谈起了北半球的东方国度，第一次，她内心燃起了向往的火苗，原本患有选择困难症的她萌生了一个坚定的想法：我要去中国！

20岁时，李百可兑现了自己的承诺，作为西澳大学的交流生，她第一次踏上中国的土地——山东青岛。在中国海洋大学，她认识了一群可爱的同学,同学们将她的名字"Rebecca"做了修饰，于是她的中国名字就变成了李百可，寓意"诸事亦可""百事可乐"。在青岛，同学们带她吃美食、看大海、学中文，还陪她过了难忘的21岁生日，送给她最爱的中文音乐CD（激光唱片），并将歌词用汉语拼音译好，便于她学唱，百可感受到中国人满满的待客之道。

2001年7月13日，李百可结束了留学生涯，这一天，她在北京转机回国，突然，她看到大街小巷人声鼎沸、鞭炮齐鸣，通过大屏幕上的实时转播画面，她知道：北京申奥成功了！

这一幕，让百可感到非常震撼。登上飞机前，她跟朋友通了电话：

"我爱中国，未来我还要回到中国！"

Part 2 当地人说：中国就像一个大家庭

再回中国时，李百可精心做了攻略。

她打开中国地图，圈定了一个范围，这个区域既不会太冷，又不会太热，选来选去，只剩下了三个城市：上海、厦门和昆明。

李百可继续筛选。她翻开了一本关于中国少数民族的书，上面说，云南有25个世居少数民族，其中有15个少数民族是云南独有的,作为云南的省会城市,昆明的民族味道很浓。

"这么多民族能和谐相处,他们也一定会接纳我这个澳大利亚姑娘。"

就这样,李百可将第一站选择在了昆明。跟她预想的一样,昆明气候舒适,四季如春,这一切都让她感到舒服。很快,她认识了很多本地朋友,当地人告诉她:在这里,你不必把自己想象成一个外国人,你把自己当成中国的一个"少数民族"就行了!在朋友的帮助下,她在中国拥有了第一份工作——大学英语老师。22岁的她,跟学生们年龄基本相仿,于是,没有代沟、无需磨合,师生间迅速"打成一片"。

过了一个学期后,百可意识到自己不适合继续做老师。她认为,说英语和教英语是两回事,她教的学生们英语成绩平平,反而自己的中文水平突飞猛进。

单纯善良的百可不想"误人子弟",履行完两年合同后,她辞掉工作,像"变色龙"一样继续求变。

一次聚会上,她放歌一曲惊呆了众人,朋友说:"你这么喜欢唱歌,为什么不在中国做一名歌手呢?"抱着试试看的心态,百可参加了《外国人中华才艺大赛》等知名综艺节目,还取得了全国第三名的成绩。比赛过程中她发现,多数比赛发起地都在北京,而从云南到北京在当时乘坐火车需要三四十个小时才能抵达。

尽管万分不舍,百可还是决定:迁居北京。

Part 3 朋友说:你是一位"老北京"

2007年6月,李百可正式成了一名"北漂"。当时北京正在紧锣密鼓地筹办奥运,整洁的街道、井然有序的交通,这里既现代又复古,忙中有序。跟昆明相比,北京的工作、生活节奏很快,每个人都步履匆匆。

李百可努力适应大都市的生活,凭借唱歌上的天赋,很快,她找了一份歌手的工作,加入了"五洲唱响乐团"。这支乐团由来自五大洲的六位成员组成,不同肤色、不同嗓音的他们聚在一起,用美妙的旋律进行着奇妙碰撞,用原创的歌曲为奥运喝彩。

百可很开心,终于在陌生的北京找到了喜欢的事,建立了自己的"朋友圈"。同年,百可随乐团一起,参加了享有盛名的央视节目《星光大道》,并获得年度总决赛第四名。这下原本"北漂"的外国姑娘成了"明星"。

成名之后,百可按部就班的生活被打乱。喝咖啡时会被店员认出,走在街上会有人要签名,周末还会有一场场突如其来的演出……她被推向了山顶，却感觉私人生活在被一点点侵蚀，本性内向的她开始意识到，当明星不是自己的真正追求。

在名声大噪的那年，百可选择退出乐团。她深信，自己可能还有潜力可挖，还有未体验的经历等待她去探索。

她的预感是对的！再次"失业"后，百可又遇见了生命中的"贵人"——修和梅。修和梅是一对夫妻，他们的工作室是北京最早的配音工作室之一。听到百可流利的中文和优秀的嗓音后，他们向百可发出了邀请：

"你有没有兴趣尝试配音呢？"

正是这次意外的尝试，百可的又一项"隐藏技能"被发现了。在配音这个自由的世界里，她可以肆无忌惮地表达自己的情感，传播着超越国界的文化。她可以发出很尖很细的声音，也可以发出粗犷而有爆发力的怒吼。沉浸于其中，她更深刻地了解了中国历史的沧桑巨变和中国人民的坚忍不拔，她乐意做一名文化使者，将中华优秀传统文化故事和精神传达给全世界。在这项充满热爱与价值的工作里，百可感觉人生充满了力量。就这样，这份工作她一直做到现在，已经坚持了13年。

如今，百可的生活中不仅有配音这一项乐趣，她还加入

△ 李百可和"相声遇上歪果仁"成员的合照

了一个有趣的组织——"相声遇上歪果仁"。这个大家庭汇聚了定居中国的来自俄罗斯、日本、德国、乌克兰、刚果等多个国家的外国人，在北京的舞台上，他们用相声、喜剧论坛等形式，向全世界释放着善意、制造着"笑点"。

"他们一个比一个有才"，这是百可对同伴们的评价。的确，把时代热点和喜剧形式相结合，让原本尖锐的问题在艺术的修饰下变成"笑料"，会让人觉得，好像笑一笑之后，一切变得没什么大不了。

有几件喜欢的事情，有一群要好的朋友，百可慢慢变得开朗了很多。她觉得，这个曾经陌生的北京城，越来越有人情味儿了。

现在的百可出门只需要一辆电瓶车,她开始认得北京的东西南北、大街小巷,还时不时给外地游客指指路,每当这时,朋友总会拍着她的肩膀说:你是一位"老北京"了!

Part 4 百可说:中国就是我的家

2024 年,百可已在中国生活了 22 年。

这一年,她 44 岁。

百可说,今年对她来说是个节点,意味着她在中国的时间,已超过在澳大利亚的时间,而自己往后的余生,也一定会在中国度过。当被问及留在中国的原因,百可说除了这里有爱她的和她爱的人,还有一个不能忽略的原因:美食。

初来中国时,百可体重达 160 斤,但因为个子高挑,整个人看起来匀称而健康,而在中国生活的这些年,她足足增加了 100 斤!百可由衷地感叹:"中国好吃的东西太多了!"鲁菜、湘菜、东北菜都是她的最爱,地三鲜更是她心中的第一名,几样简单的蔬菜竟能组合出肉的味道,充分满足了她这个肉食爱好者的味蕾。

虽然现在的百可还不会烹饪中国菜,但这颗"中国胃"已慢慢形成。生活中的她如果偶尔想来点"家乡味",只需要通过外卖平台进行点餐，想吃的美食通过手机下单后，不一会儿就被送到了家门口。如此快捷方便，令她远在澳大利亚的家人感到十分吃惊，但也正是如此，家人对百可在中国的生活更放心了。

远离故土多年，家人也时常想念百可。现在他们每天可以用微信进行视频聊天，实时通信，这让百可觉得离家人并不遥远，她笑着说：有时候澳大利亚的网络都没有中国的流畅。

在澳大利亚，百可只有4个亲人——爸爸、妈妈、哥哥、妹妹，而在中国，却有无数挚友胜似亲人，中国朋友带来的情绪价值，是百可一生最宝贵的财富。百可常说，自己在中国生活得很幸福，唯一的遗憾是尚缺少一位中国老公。

百可在中国这些年，见证了很多变化：从一开始只能靠一张纸质地图认路，到如今覆盖全国的智能导航；从以前从北京到青岛需要10余个小时的绿皮火车，到现在最快只需要3小时的高铁。她觉得，自己越来越像是一个中国人，而澳大利亚她那出生的农场，越来越像是回不去的故乡。

在家乡，有人问百可什么时候回家，妈妈总会说：

"百可说，她在家了，中国就是她的家！"

专栏1

居留指南
东方国度 值得你为之停留

文/王斐然 王风强

自古以来，繁荣富强、和平友好的中国就吸引着外国人纷至沓来。早在唐代，广州就在今光塔路一带设置了专供外国人（主要是阿拉伯人和波斯人）侨居的社区——蕃坊，外国人不仅能在中国居住生活，还能做官，比如唐玄宗时期的名将高仙芝就是高丽人，他凭借军功官至安西四镇节度使，并有"常胜将军"的美誉。

在宋代，泉州蕃坊被称作"蕃人巷"。明代也允许外商在中国永久居住，郑和七次下西洋，先后到访30多个国家和地区，第六次远航返回时，就有16个国家和地区的使团共1200多人随船队来到中国。意大利传教士利玛窦在《利玛窦中国札记》一书中写道：

外商中"有很多已在此地（肃州）娶妻，成家立业，因此他们被视为土著，再也不回他们的本土。……根据法律，在那里居住了九年的人就不得返回他自己的本乡"。

近代以来，政治情势的改变曾使中国一度蒙尘，但是中国的吸引力从未消失。今天，已有超过百万外国人在中国居留。

● **短期停留：方便快捷 说走就走**

如果是来中国旅游、探亲，在中国待几天、几个月，那么这就算是短期停留了。根据中国的移民法规定，短期签证停留期最长为180天。一般而言，商务签证的停留期在30—90天之间，旅游签证的停留期一般为30天。在停留期满后若需要继续停留中国，可以在期满前向公安机关出入境管理机构申请延长停留期。

在这期间，您如果是住在旅馆、酒店，只要出示有效护照或者居留证件，并填写临时住宿登记表就可以啦！如果是在旅馆以外其他地方居住，在24小时以内，留宿人或者本人需要持有效证件去当地公安机关办理登记。

● **长期居留：请办一下"居留许可"！**

长期居留一般是指时间超过180天，但是在5年以下的居留。它一般针对的是来中国工作、探亲、留学等情况。外国人如果想要在中国长期居留，有一个证件不可或缺，它的全称叫作"中华人民共和国外国人居留许可"，简称"居留许可"。

① **居留许可是什么？**

它不是一种签证，但也和签证一样，是贴在护照上使用的。常见的居留许可有5种类型：工作类、团聚类、私人事务类、学习类、记者类。

有了这个证件，就相当于拥有了在中国的合法居留权，只要在居留许可有效期内，外国人就可以多次出入境中国，且无需再次办理签证。并且，如果办的是工作类居留许可，还可以在中国购买社保。

② **外国人如何在中国买房？**

居留许可还有一大作用——用于购买房产。根据2010年发布的《关于进一步规范境外机构和个人购房管理的通知》的规定，中国境外个人在境内只能购买一套用于自住的住宅类房屋。

除了居留许可，外国人买房还需要提供有关部门出具的在中国境内工作超过一年的证明，比如说工作许可证和社保证明。

● **永久居留：这个证件这样"拿"**

获得中国政府颁发的外国人永久居留身份证，需要一定门槛。

2004年施行的《外国人在中国永久居留审批管理办法》规定，申请在中国永久居留的外国人应当遵守中国法律，身体健康，无犯罪记录，并符合下列条件之一：

- 在中国直接投资、连续3年投资情况稳定且纳税记录良好的；
- 在中国担任副总经理、副厂长等职务以上或者具有副教授、副研究员等副高级职称以上以及享受同等待遇，已连续任职满4年、4年内在中国居留累计不少于3年且纳税记录良好的；
- 对中国有重大、突出贡献以及国家特别需要的；
- 本款第一项、第二项、第三项所指人员的配偶及其未满18周岁的未婚子女；
- 中国公民或者在中国获得永久居留资格的外国人的配偶，婚姻关系存续满5年、已在中国连续居留满5年、每年在中国居留不少于9个月且有稳定生活保障和住所的；
- 未满18周岁未婚子女投靠父母的；
- 在境外无直系亲属，投靠境内直系亲属，且年满60周岁、已在中国连续居留满5年、每年在中国居留不少于9个月并有稳定生活保障和住所的。

有了这张外国人永久居留身份证，就能享受到类似于中国本国公民的待遇，不仅出入中国国境不需要再办理签证，在中国工作也不需要办理外国人工作许可证，还可以解决随迁子女入学问题、在中国购买社保和换取驾驶证件等。

中国以开放包容的博大胸襟，接纳多元文化在这里和谐共荣，也欢迎着每一个尊重、认同中国文化的外国人。来中国看看吧，这个东方国度，值得你驻足停留！

第2篇

婚恋篇

Ben（本）

- ◎ **国籍**：美国
- ◎ **出生年份**：1981年
- ◎ **现居住地**：杭州
- ◎ **家庭成员**：中国太太、一岁混血女儿
- ◎ **现从事职业**：数学/物理/编程老师
- ◎ **特长**：太极拳、武术、射箭
- ◎ **未来计划**：定居杭州

"剩男剩女"：
相互滋养的爱情

文 / 王风强　薛冰洁

Part 1　满世界游历　他成了"剩男"

来杭州之前，Ben 一直在全世界游历。

Ben 出生于 20 世纪 80 年代，彼时美国正流行"功夫热"，孩童时代，他就痴迷中国武术，并且将李小龙视为偶像。十几岁时，他拜当地的一位越南人为师，一边在学校学习文化课，一边在武馆学习武术和太极拳。大学毕业后，他跟着兼职做武术指导的师父进军好莱坞，参演了几部美国功夫电影，但都是一些小配角。他这才发现，人外有人天外有天，就凭自己这身功夫，他距离真正的高手还相差甚远。后来，越南师父告诉 Ben：

"我的功夫是在中国学的，有机会的话，你也可以去中国。"

2014年,Ben来到了中国,那一年,他33岁。

第一站,广西柳州。Ben本以为,中国应该遍地是武馆,人人会功夫,可让他没想到的是,柳州这座城市里最多的是螺蛳粉饭店,却鲜有武馆。大街上人们面目和善,很少见好勇斗狠之徒。当然,他也看到过当地人偶尔发火,比如他和一群外国人在饭店聚餐,饭后他像在美国一样,给了老板几块钱小费,这让老板很不爽,当场就给扔了回来。

事后,Ben才明白,跟很多中国人一样,这位老板信奉凭本事吃饭,不愿接受任何不属于自己的"恩惠"。

一年的中国生活初体验,让Ben感到很快乐,但也有自己的小烦恼。因为柳州毕竟属于三线城市,那里的外国人相对较少,Ben很容易被"围观",走在大街上,经常有人拦住他要求合影,这让Ben甚至感到自己患上了"社交恐惧症"。这时候,有人告诉他,可以去大城市看看,那里经济更发达,包容性更强,现代化程度更高。

于是,Ben辞掉了柳州的工作。在辽阔的东方大地上,他像一叶自由的浮萍,走走停停,停停走走。他到过北京、深圳、泉州、厦门等城市。他以为,自己将会这么一直漂流下去,但2019年的一次偶然机会,改变了他的计划:在泉州东海大街上的钟楼上,矗立着一幅巨型雕像,那是Ben的第二个偶像——意大利旅行家马可·波罗。

700多年前,马可·波罗在他的游记中,列举了所游历的数十个中国城市,其中介绍杭州的篇幅最多,内容最丰富,他将杭州解读为"天城",认为杭州是世界上最美丽华贵的城市,这里物产丰富,百姓幸福,生活于此,犹如置身于天堂之中。

"就这里了!"

Ben几乎没有片刻思考,卷起铺盖奔向了杭州。在当地转悠了几天后,他觉得,杭州实在太美了,人文、历史、地理环境、旅游资源及未来前景都无可挑剔。由于具有专业的物理和编程知识,Ben很轻松就找到了一份稳定工作。在杭州待了一年多,有一天他突然发现,这么多年光顾着游历世界,感情的世界却是一片空白,此时,大洋彼岸的老妈也打来了电话:

"儿子,你39岁了,是不是该找个女朋友了?"

Part 2　"剩"者为王　奇幻情缘妙不可言

Ben就像一个晚熟的大男孩,以前四海为家,感情的事儿几乎不想,一旦开窍,也迫切地想要告别单身;再加上他家兄弟三人，两个弟弟已经结婚生子，他作为家中长子，自然是压力很大。

而且，Ben还有自己的小心思：自己即将"奔四"，青春只剩下了尾巴，所以找对象一定要找对待感情认真的，最好是能结婚的那种。

一天，他在公园里看到了一个打太极拳的女孩，于是，他就上前与对方切磋。行家伸伸手，便知有没有。Ben精湛的拳法立马引起了女孩的兴趣，二人一见如故。更奇妙的是，女孩还能说一口流利的英语，二人交流完全无障碍。相见恨晚，当天，双方互留电话，依依惜别。

女孩叫雯雯，36岁，在很多人看来，也步入了"剩女"行列。当时她感情受挫，就在她几乎不再相信爱情的时候，Ben出现了。

她惊奇地发现，虽然二人国籍不同，但三观和喜好却一致。Ben简单、善良、知识储备丰富，而且还会武术和太极拳。而她是一个地道的本地姑娘，出生、求学、工作都没离开过杭州，在浙江省大学生武术锦标赛中还拿到过第六名。二人都可称得上是"文武双全"。

他们开始了约会。

这个时候，Ben已经迫不及待地告诉了他的好朋友，他找了一个中国女朋友，并且以后想和她结婚。

但雯雯却不知道 Ben 的打算，看到 Ben 光和自己吃饭、看电影、压马路，雯雯沉不住气了。一次，她和 Ben 来到西湖边，给 Ben 讲述了许仙和白娘子那段凄美的爱情故事。本以为这般提点后，Ben 会向自己表白，甚至求婚。可没想到，Ben 看着脚下的断桥，又望向远处夕阳下的雷峰塔，喃喃地说了一句：

"那个老和尚（法海）好奇怪，为什么要把人（白娘子）弄到塔底下去？"

暗示不成，雯雯决定将关系挑明。在三亚旅行时的一个晚上，二人走在沙滩上，吹着海风，喝了点酒的雯雯，借着酒劲，直截了当地问 Ben：

"我们都在一起快一年了，你怎么还不求婚？"

Ben 没有过多解释，只是告诉她再等一等。

雯雯本以为，这"等一等"不知道是等到猴年马月，她有点生气了！可没想到，第二天，Ben 就捧着戒指、抱着鲜花跪在了她面前。原来，这次三亚之行，是 Ben "蓄谋"已久、精心设计的求婚之旅，日程规划、表白细节，甚至婚纱拍摄早就安排好了！

好嘛，这"等一等"，竟然只是等一个晚上！雯雯"懊悔"

自己操之过急,"破坏"了 Ben 给自己带来的惊喜。

认识一年后,2021 年,二人顺理成章地结了婚,正式过起了"只羡鸳鸯不羡仙"的生活。

Part 3 相互滋养 你"好"我也"不差"

婚后,买房被提上了日程。

在中国人的传统观念里,无论是以前还是现在,家和房子永远都是联系在一起的,有了房子才有了家。但对很多美国年轻人来说,房子不过是一个住的地方而已,不少美国人租房也能过一辈子。婚前,Ben 也曾跟雯雯说过,他更倾向于租房,更何况杭州高昂的房价,确实会让小两口存在着压力。

为了说服 Ben,雯雯略施小计,她用了一个很老套的方式,算了一笔"经济"账:

"我们现在租房每月需要六千块钱,而我们买房,还房贷每月需要一万多。不同的是,租房是把钱给了房东,而还房贷是把钱给了银行,房子却是自己的,哪样合算?"

作为一名理工男,这种理性又简单的问题很快就让 Ben 做出了决定:

"当然是买房！"

就这样，两人买了一套139平方米的房子。Ben太爱这套房子了，他们在房子里摆上了中国画和油画，布置了琵琶和壁炉，装修风格绝对是中西合璧。去年年初，女儿降生了，Ben就像一个传统的中国男人一样，成了标准的"女儿奴"，把女儿宠到了心尖上。而雯雯也有个心愿，就是能邀请美国的婆婆来一趟中国，经过多次动员，终于，婆婆来了。

跟认识Ben时一样，婆媳俩也一见如故。小两口带着婆婆逛景区、吃美食、买商品、体验中医正骨和推拿，还按照中国传统，给婆婆过了75岁大寿。看到儿子已完全融入中国的生活，并且享受着这里的一切，婆婆很是欣慰。这段时间，她就像当年的马可·波罗一样，在社交媒体上不遗余力地推介中国，她夸赞中国的高铁如此快速、中医如此有效、支付方式如此便捷、人们如此热情好客，她还邀请美国的朋友有机会一定要来中国旅游。

临走之前，婆婆送给了孙女一份礼物——中国龙金坠，并且叮嘱Ben，要一辈子对雯雯好。告别时，婆婆动情地说：

"这20天时间，是我人生最快乐的时光……"

雯雯总结了她和Ben的爱情保鲜密码，那就是两人相处不反刍、不内耗、不较劲，而是相互成长、相互升华、相互

1 Ben 与雯雯的三亚旅行
2 Ben 第一次爬长城
3 Ben 的母亲来杭州探亲
4 Ben 与女儿肉肉合影

走近中国

034

滋养。Ben 对这一切不是很理解，他只是按照自己的方式，节日里会送给雯雯一束花，周末带她去吃一顿美食，他会把"谢谢""对不起""我爱你"等一些话当作日常用语使用。这些简单的情感堆积在一起，让夫妻二人觉得每一天都是新的。一岁的女儿正在咿呀学语、蹒跚学步，夫妻俩也达成了一致意见，等女儿七八岁时，会让她选择一家"名门正派"学习武术，要么是少林，要么是武当。

工作之余，夫妻俩积极参加社会公益活动。杭州亚运会期间，Ben 在社交平台上用英语教外国人说杭州话，告诉外国人如何玩遍杭州，他探秘"亚运村"的视频还登上了新华网首页。

采访结束时，Ben 告诉我们，余生他哪儿都不会再去，只留在杭州。

刘正曦

- 国籍：埃及
- 出生年份：1997年
- 现居住地：北京
- 家庭成员：中国妻子
- 现从事职业：文化传播专家
- 未来计划：打造中外交流平台

跨越疆界的爱情物语

文 / 薛曾蕙　周昕

长城巍峨，是中华文明的时光印记；金字塔沉静，是古埃及文明的宏伟传奇；黄河奔腾，是大地对中华文明的滋养；尼罗河低吟，是生命对古埃及文明的诉说。中国和埃及是两大文明古国，如果你要问她们的魅力在哪里，这个埃及小伙儿会用中国话告诉你。

Part 1 埃及小伙的中国毕业典礼

2023 年 6 月 28 日，在中国传媒大学的毕业典礼上，一位身着金灿灿的埃及法老服饰的毕业生，大步走上颁奖台。他的服饰熠熠生辉，双眼画着代表神明护佑的"荷鲁斯之眼"，整个人看上去神采奕奕。在他伸出双手，从校长手中接过硕士学位证书的刹那，台下响起了热烈的掌声，老师同学们纷纷拍照留念，定格了这特殊的时刻。大家都记住了这位来自埃及的留学生的中文名字：刘正曦。

也是那一刻，刘正曦仿佛领悟了"守得云开见月明"的哲理，心中涌起对中国文化的敬畏之情。他不禁感叹：原来中国人可以通过"明月"这么美妙的事情，来说明如此质朴的人生道理，这正是中国传统文化的魅力。也是这一刻，他更坚定了自己的想法：要在中国做自己喜欢的事，做有意义的事。

Part 2 梅花香自苦寒来

"汉语真的是世界上最难学的语言之一。"它让很多人望而却步，但它也成为很多人打开中国大门的"钥匙"。刘正曦正是拿着这把"钥匙"，在中国走上了他的人生"巅峰"。

来中国之前，刘正曦对中国的印象仅限于武侠片里的样子。

"在我的印象中，中国人就是像黄飞鸿一样，都是会飞檐走壁的！"

"会飞的"中国人，到底是怎么说话的呢？刘正曦从他叔叔的嘴里得到了"答案"：

"雷吼啊！"

这句听起来稍微有点别扭的粤语"你好"，是长期做国际贸易的叔叔学会的为数不多的中国话之一。叔叔常跟中国人打交道，却苦于中文翻译者难寻，而且佣金太高。于是，刘正曦的母亲就动了让儿子去学习汉语的念头。

"以后可以帮叔叔做生意，对我以后的前程来说，也多一个保障。"

那时的刘正曦高中刚毕业，学习能力很强的他考上了语言学院，并在2017年10月，作为交换留学生，来到中国天津，在南开大学开启了他的留学生涯。

作为一个外国人，把汉语说"地道"很难，"变味儿"却很自然。刚上大学一年级的刘正曦，苦于汉语四个声调的发音，尤其是三声，怎么都说不对，为此着实费了不少功夫。

"我真的很苦恼，同样的拼音，为什么会有四个不同的声调？"

"死磕声调"，可不是因为刘正曦太较真儿，而是因为他学的是播音主持专业。学播音主持，是他在获得了埃及教育部和中国教育部合作的特殊奖学金之后，所赢取的不限制选择专业的权利，也是他作为外国人在中国学习的巨大挑战。

天天学，日日练，看到谁都想上前讨教几句正宗的中国话，这就是刘正曦学习汉语的"秘诀"。还有一句话，一直激励着他：

"宝剑锋从磨砺出，梅花香自苦寒来。"

这是刘正曦在埃及的汉语老师曾送他的一句诗。

"真的有很多事是需要磨炼的"，他选择了付出更多的努力和坚持，选择了珍惜每一次可以锻炼自己的机会。《非正式会谈》《汉语桥》《中国地名大会》《中国诗词小会》《越战越勇》《一站到底》等，多档知名综艺节目中，都能看到这个埃及小伙儿的身影，他用自己独特的魅力和专业能力，成为舞台上的亮点。就这样，"埃及法老刘正曦"，在中国正在被越来越多的人所熟知。

"八百标兵奔北坡，炮兵并排北边跑"，这些常把中国人都绕进去的绕口令，对于刘正曦来说，早已不在话下。汉语声调的多变，汉字的形态万千，汉语词汇意蕴的多元……这一切，都如美好的爱情一般让他如痴如醉。

就在这时候，爱情来了。

Part 3　一见钟情"菲"你不可

那是2017年末的一天，刘正曦作为南开大学的留学生在天津电视台录节目，他遇到了让他一见钟情的中国女生姚梦菲。

"她长得特别可爱，人也特别单纯活泼，我们聊得特别开心。"姚梦菲个子不高，但人却很爽快，刘正曦喊她"菲哥"。两人在一个特殊的日子真正走在了一起。

那天刚好是5月20日，刘正曦给"菲哥"发信息：

"你知道今天是几号吗？"

"五二〇。"

"我也爱你！"

这么大胆的表白方式，让"菲哥"至今心有余悸。从那以后，他们会在每天下午的5点20分，互相表达爱意。

5年后的一天，还是下午5点20分，两位年轻人拍了结婚登记照，定格了这份美好。

在古埃及，婚姻被视为神圣的联结，它超越了生死，承载的是永恒的情感。古埃及神话中，爱情与婚姻被赋予了太阳神微笑般的闪耀的光辉。爱神伊西斯和她的丈夫奥西里斯，因爱失去生命，又因爱复活，他们对爱情和婚姻的崇高追求，像一股不可战胜的力量，为古埃及文明注入了一份永恒的浪漫，让爱情在历史长河中闪耀着神秘的光芒。对于埃及人来说，浪漫是婚姻的基调，情定终身便是永恒。

"就像作家三毛在《撒哈拉的故事》里描述的她与荷西的爱情那样，我想说，虽然我们国籍不同，性格也不相同，婚后有可能吵架，但是我们还是要结婚。"

2023年1月28日，是刘正曦跟姚梦菲登记结婚的日子。

按照中国法律规定，外国人与中国人结婚，需要办理的手续相对复杂。首先，刘正曦需要办理无配偶证明，并在埃及驻中国大使馆进行翻译和认证；接下来，两人要前往姚梦菲的市级户籍所在地进行登记。好事多磨终成事，佳期难得自有期。两位新人从北京长途跋涉，来到"准新娘"的故乡——广西壮族自治区钦州市。

"那天天气特别好，广西的空气也很新鲜，姚梦菲的弟弟开车送我们去登记，我们等那一天很久了。"

在钦州市民政局婚姻登记处的涉外婚姻登记窗口，刘正曦和姚梦菲满怀期待地迎来了他们人生中的重要时刻。然而，在登记过程中，一点小小的"状况"却让一切变得有趣而特别。工作人员在对公证材料进行反复核对后，正准备将钢印印在结婚证上的时候，突然发现了一个问题。

原来，刘正曦的本名是阿拉伯语的，一长串的名字在结婚证上打印出来后，由于过长，将性别信息都盖住了，这样的结婚证可是无效的。这种情况，婚姻登记处的工作人员也

△ 1 刘正曦和妻子姚梦菲
   2 刘正曦在毕业典礼上身着法老服装领取学位证书
   3 刘正曦担任中国外文局外国专家招待会的主持人

是头一回碰到，于是只得紧急请来技术人员现场解决。在这耐心等待的过程中，小两口并没有因为"小状况"而感到紧张，反而逗趣地说说笑笑。

最终，经过技术人员的努力，他们终于拿到了盖着钢印的小红本，正式成为合法夫妻。

领了证，还得添置一个温馨的家。

按照埃及的传统习俗，为了表达爱和对家庭的责任感，男方会购买房产。当两人有了爱情的结晶，房产将自动归妻子所有。而作为中国女婿，刘正曦决定购置一处房产，房产证上只署妻子的名字。

"岳父岳母对我太好了，菲哥租房总要搬家也很辛苦，我想给她一个稳定的家，让她可以安心过日子。"

贷款80万，刘正曦戏称自己已经变成了"房奴"。可他却很踏实，因为他买的并不仅仅是一处房产，更是对妻子的深深承诺和一份珍贵的"安全感"。

在休息日的早上，阳光洒进他们的新房，这对年轻人一起吃着早餐，聊着家常，一只温顺的金毛犬，围在他们身旁。也许不久后，这个小家庭还会迎来他们爱情的结晶……

Part 4 吃水不忘挖井人

"真正的爱国,不是一句'中国我爱你'或者'中国万岁',而是真正为这个国家作出贡献。"这是刘正曦写在自己网络平台上的一句话。2024年1月12日,他正式成为中国外文局文化传播中心的一名外籍专家。"我想把中国的语言这把钥匙传递给更多的人,教会他们说普通话,讲中国故事,让他们去探索中国。"用自己的经历和才华连接两国的文化和人心,是刘止曦的愿景。他说:

"这叫吃水不忘挖井人。"

现在,刘正曦已经申请了博士学位,他希望把自己所学的播音主持教学法、国际教育和汉语言文学结合起来,通过"新汉学计划"扩广开来,帮助更多的国际友人更好地学习汉语,让更多外国人学习中华优秀传统文化,了解真实、立体、全面的中国。

婚恋指南
如何在中国寻得一份真爱？

文/薛冰洁 王风强

恋爱和婚姻，一直以来都是个浪漫话题。

在中国古代，谈婚论嫁要依照"父母之命，媒妁之言"，年轻人在父母的安排下寻找门当户对的对象，新郎新娘往往结婚当天才初见。那时候，找个好的爱人凭的是运气，好的爱情靠的是培养。

20世纪初，中国封建制度被终结，婚姻进入由旧到新的转型期，被束缚了几千年的中国男女，开始呼吸婚恋自由的空气，跨国婚姻初见端倪。彼时，跨国婚姻的中国当事人，多是留学海外的文化人，他们有知识、有见识，勇于追求真爱。

翻译家杨宪益和英国姑娘戴乃迭，就是这一时期的代表。两人在牛津大学相遇，戴乃迭不顾家人反对，嫁给杨宪益后来到中国重庆。1943年，杨宪益被朋友推荐到国立编译馆工作，夫妻俩夫唱妇随、举案齐眉，翻译了《离骚》《资治通鉴》《鲁迅文集》等中文著作百万余字，被称为跨国恋中的"神仙眷侣"、翻译界的"神雕侠侣"。

改革开放后，跨国婚姻开始"飞入寻常百姓家"。1983年，国务院批准发布《中国公民同外国人办理婚姻登记的几项规定》（已由《婚姻登记条例》所替代），中国开始明确中国公民与外国人在中国结婚的登记条件、程序等事项，再加上中国法律提倡婚姻平等和相互尊重，越来越多的"洋媳妇""洋女婿"来到中国。

如今，跨国婚姻是两情相悦的升华，更是全球一体化的产物，中国已成为越来越多外国朋友成家立业的地方。

● **中国人喜欢什么样的异性？**

中国从古至今都是个重德崇礼的国家。《诗经》云："关关雎鸠，在河之洲。窈窕淑女，君子好逑。"女子知书达理，品貌双全，往往会赢得男子的喜爱与追求。

同理，对中国女性来说，受欢迎的优秀男性，同样也要"内外兼修"。"内"指内在道德修养和内涵要高，"外"指行为举止和言语表情要得当。此外，男性要承担更多的家庭和社会责任。

随着时代发展，择偶观开始变得开放而多元，女性"美"的标准不再单一，传统家庭关系中"男主外女主内"的划分也开始被打破，男女双方合理分工、地位平等成为家庭新风尚。

● **这份登记攻略请收好！**

如果你在中国收获了一份甜蜜的爱情，再往前一步，那就需要经过法律认可，登记结婚了。涉外婚姻在中国登记的流程逐渐简化，一般来说，可以在网上查找当地能办理跨国婚姻登记的登记处，并提前在网上进行时间预约，按照预约的时间，携带所需材料前往办理。

● 外国人需要提供有效的护照或其他有效的国际旅行证件，以及所在国公证机构或有权机关出具的、经中国驻该国使(领)馆或该国驻华使(领)馆认证的本人无配偶证明，或者所在国驻华使(领)馆出具的本人无配偶证明。

● 中国公民需要提供本人的身份证、户口簿以及婚姻状况证明。如果是再婚者，需要提供离婚证件或配偶死亡证明。

● 双方需要按中国公民一方户口所在地的相关规定，共同到指定的婚姻登记机关提出申请，并填写结婚登记声明书。

● 婚姻登记机关对双方提交的证件、证明、声明书进行审查，符合结婚登记条件的，当场予以登记，发给结婚证。

● **中国婚礼有哪些"礼"？**

婚礼是中国传统的习俗之一，在现代社会中仍然得以保留和传承。一般来说，婚礼不仅是一场仪式，还包含不同的风俗和礼数。

首先，正式结婚前，男女双方在亲人朋友的见证下，先会进行一场订婚仪式。订婚当天，男方通常会给女方一些小礼物，表示对女方的尊重和感激，礼物更多的是一种象征意义。

此外，结婚当天，婚礼中的"礼仪"也必不可少。

婚礼流程通常包括迎亲、拜堂、敬酒、婚宴等环节。一般来说，婚礼当天一早，新娘娘家人要看紧房门，新郎需在门外接受几番互动游戏，待到吉时把新娘从娘家接走。接到新娘后，夫妻二人要一同回到男方家中，在亲朋好友见证下行礼拜堂。

中国一些少数民族的特色婚礼风俗非常有趣。比如彝族的婚礼有一项重要的仪式是"抢亲"，新郎要用"抢夺"新娘的方式来表达他对新娘的爱意；再比如土家族、苗族、壮族等能歌善舞的少数民族，唱山歌也是婚礼或闹洞房环节必不可少的仪式，这些赞歌和祝福歌，表达了客人对新人的祝福和对新人家族的尊重，蕴含着大家对未来生活的美好期许。

第3篇

求知篇

艾森·杜思特穆罕默迪

- 国籍：伊朗
- 现居住地：重庆
- 出生年份：1986年
- 现从事职业：大学教师
- 最大愿望：向世界传播中医文化

我是一座"桥"

文 / 宋斐

2023年6月14日,第十六届中华图书特殊贡献奖颁奖仪式在北京举行。作为最年轻的获奖者,来自伊朗的艾森·杜思特穆罕默迪很激动,对他而言,这是一个分量极重的荣誉。

从一个文明古国而来,在另一个文明古国作出特殊贡献,艾森确实挺牛的。那么,在这个荣誉的背后,是一个怎样的故事呢?

Part 1 中医是如此神奇

艾森来中国已经14年了,最初,他是来学中医的。

"我的一个好朋友在一场车祸中受了重伤,导致左手神经麻痹,经过一段时间的治疗后,左手仍然麻木,基本失去知觉。当时很多西医医生建议放弃治疗。后来,我朋友意外路过一家中医针灸诊所,就抱着试试看的心态接受针灸治疗,没想到一个月后左手逐渐恢复知觉,最后完全康复了。"

事实上,早在中学时期,艾森就对中国文化产生了浓厚兴趣,尤其被一些波斯语图书中关于中医的描述深深吸引,而后来朋友的这个经历,更是让艾森感叹:"中医是如此神奇!"

因兴趣而心动,因兴趣而行动。艾森开启了他的中国之行。

由于来中国之前并没有学过汉语,所以艾森先到上海中医药大学学习了一年汉语。此后,他一边学习中医,一边继续学习汉语。2011年,艾森转学到山东中医药大学攻读中医专业,直到博士毕业。

"中医学有悠久的历史,几千年来承载着中国古代人民同疾病作斗争的经验和理论知识。中医学能够延续至今,最根本的原因在于中医疗效显著、副作用小,因此在国外越来越受欢迎。"

如今,谈起中医的独特价值和在海内外的传播及影响,艾森如数家珍。"目前,中医药已传播至包括伊朗在内的196个国家和地区,全球治疗人数已达世界总人口的三分之一以上。"

通过中西医比较，艾森认为西医利用现代科学技术手段可以解决很多中医无法解决的病症，而中医依靠完整的理论体系，也能够治愈很多令西医束手无策的难题。这与中国国内的主流观点是一致的，中西医各有优长，彼此完全可以互补，和谐共生。

"现在我学习了中医，每次回伊朗探亲，我都会给家人、亲戚做一些治疗。"艾森说。

Part 2 中国传统文化的"迷弟"

除了是一位中医学者，艾森还有个重要身份——中国经典外译领域的专家，西南大学伊朗研究中心的外籍学者。

"经过十几年对中医、对中国传统文化的了解和研究，我感觉我越来越沉浸其中，尤其特别喜欢儒家思想、道家思想。"

艾森的文明观是开放包容的，作为从伊斯兰文明圈走出来的青年学者，他对中国文化饱含深情。

"孔子是中国众多先哲圣贤中最负盛名的思想家，他通过收集整理过往的，尤其是周朝黄金时期的文学和历史瑰宝，创立了一个伟大的思想流派——儒家学派。孔子周游列国十

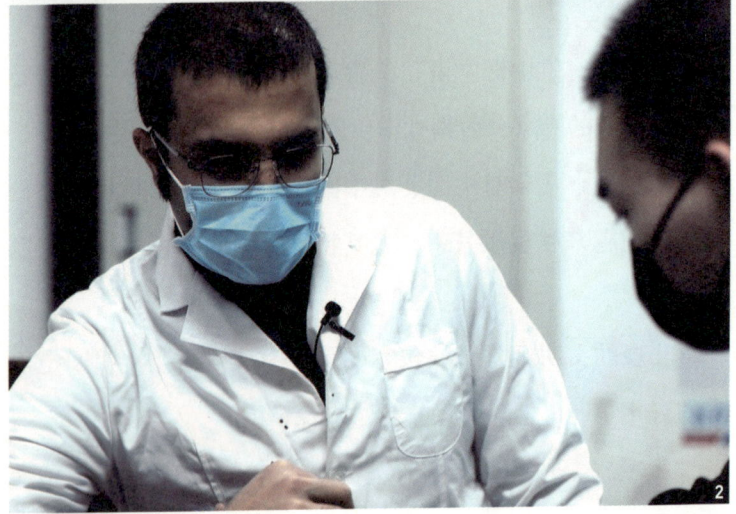

1 艾森学习太极拳
2 艾森为患者诊脉

几年，宣扬其'仁政'和'礼治'的政治主张。"艾森用精准简约的文字，这样评价孔子。

2021年11月，艾森还在伊朗《笃信日报》发文介绍了孟子的故事和思想，其中说道："山东省被称为孔孟之乡，儒家学说也被称为孔孟之道。在中国文学中，孟子与孔子并驾齐驱，孟子的文学重量由此可见一斑，孟子的学说对中国和东亚的思想进程产生了重大影响，如果不知道他的学说和主张，就难以了解中国的文化和思想。"

艾森对中国传统文化的钟爱，不仅停留在个人的欣赏、研习上，他还树立起一个更大的目标，就是让更多伊朗人了解博大精深的中国文化、中国经典，并以此来推动中伊两国之间、中华文明和伊斯兰文明之间的交流互鉴。因此，在中国学习和工作期间，他一直积极从事着中国经典书籍的外译工作。

Part 3 我是一座"桥"

艾森的手机上有一份清单，是已经出版的他的译著：《黄帝内经·素问》《孟子》《墨子》《大学》《中庸》《道德经》《濒湖脉学》《中医舌诊》《中药学》《中医内科学》《弟子规》

等，这些著作的主题多与中医、儒家典籍有关。

"在汉语世界与波斯语世界之间，我希望自己是一座'桥'。"

在艾森看来，图书是向伊朗展示中国的重要窗口，尽管近年来关于中国的图书在伊朗有所增加，但有关儒学的图书依然非常少，而且都是从其他语言翻译成波斯语的，极少有直接从中文翻译成波斯语的图书。"实际上，哲学的外译需要很强的专业性，'二手翻译'容易和原版哲学文本的意思偏离，这是一个很大的问题。"

艾森期待更多伊朗汉学家可以直接把中国经典翻译成波斯语，而他本人也一直朝着"一手翻译"的方向前行。现在，艾森已成为首位把《孟子》由中文直接翻译成波斯语的译者。

"没有翻译做中介，一部在本民族土壤里堪称优秀的作品完全有可能在异国他乡处于'死亡'状态，只有优秀的翻译才能使得这部作品具有'持续的生命'和'来世生命'。"艾森这样评价翻译的重要性。

通过对中医药及儒家经典的翻译，艾森也越来越强烈地意识到，在中国文化"走出去"的道路上，一名合格的译者，不仅要精通中文、外文，还需要对中国文化有足够的了解，这样才能确保准确传递中国文化的内涵。结合自身研究领域，艾森重点谈道："以翻译中医理论书籍为例，我们还需推动专业术语的标准化。这不仅需要一个人的力量，还需要更多人参与进来，进行长远合作。"

2023年，艾森正式入驻北京语言大学青岛世界汉学中心。艾森希望借助这座为汉学家们建造的"共享书房"，更好地推动中国图书在海外传播。

马慕月

国籍：巴基斯坦
年龄：27岁
最爱的食物：饺子 包子 火锅 臭豆腐

职业：博士在读
未来计划：写一本关于中巴友谊的书籍

"巴铁",好哥们!

文 / 崔亚楠 刘泽萱

Part 1 跟中国的缘分 在她 8 岁时就种下了

在来中国前,马慕月是一名记者,2018 年,她参加了中国驻巴基斯坦大使馆组织的一个进修项目,进修结束后,她不想走了,决定要在中国传媒大学读研。

这不是一时心血来潮。说起来,马慕月与中国的缘分,在儿童时代就已经种下。

马慕月的父亲也是一名媒体人,在 20 多年的职业生涯中,他记录并见证着中巴两国的深厚友谊,是"巴铁"中的"铁粉"。

马慕月 8 岁那年,父亲带回家一张中国传媒大学的照片,那时候她才知道,在万里之遥的中国,有这样一所美丽的学校,不过她所有的认知也仅限于此。

高中毕业选择大学时,马慕月首先想到的是去加拿大读大学，一是很多同学都选择到欧美国家留学，二是她的奶奶和叔叔一家生活在温哥华，她小时候也在那儿待过一段时间。

马慕月征询父母的意见，父亲没有表达看法，只是提议来一次家庭旅行。之后，父母带着她和弟弟妹妹来到了中国，他们去了乌鲁木齐、兰州、成都，又到了上海和北京。

环游半个中国，马慕月惊呆了，她以前去过的任何一个国家，都没有像中国这样，有着如此悠久的历史和灿烂的文化：从具茨山到黄帝故里，从滚滚黄河到万里长江，从河西走廊到天府之国，从繁华的上海到厚重的北京，每一个地方都深深地吸引着她。

她开始关注中国的教育信息，终于在2018年获得了中国驻巴基斯坦大使馆组织的到中国传媒大学进修的机会。刚到北京时还是初秋，马慕月走在校园里，大道两旁的白杨树郁郁葱葱，充满生机。

进修项目结束后，马慕月就申请留下来读研。

这时父亲才告诉她，在她8岁那年，给她看中国传媒大学的照片时，就希望女儿以后可以到这里求学。这是父亲一直以来的梦想。

但真正来到中国上学，马慕月盎然的兴致很快冷却下来，她发现，原来跟家人一起来时，都是住酒店，有翻译和司机伴行，吃喝拉撒睡被照顾得很好，现在一切都要靠自己了。

Part 2　哦　原来并没有什么可怕的

到北京的第一个月，马慕月甚至没有单独坐过网约车。

"在到这里之前，我非常害怕。我认为在这里很难交到朋友，饮食也是个麻烦事儿，我不知道怎么从一个地方到另一个地方去旅行。"

除了害怕，马慕月还有一个窘况，她没有电话卡和银行卡，也不知道该怎么办理。但她还没来得及请教，老师和同学们就伸出了援手，带她一起办理了各种卡片，又教她如何乘坐地铁、怎样使用滴滴约车。

马慕月爱逛北京的胡同，从一条走进另一条，用她的话说"像在走迷宫"。有一次，她迷路了，手上还拎着很多东西。她向一位骑共享单车的大姐求助，两个语言不通的人连说带比画，怕她弄不明白，热心的大姐放下车子，陪她走了将近两千米路，才把她送到了地方。

这时候她才觉得，出门并没有什么可怕的。慢慢地，她又发现，在北京叫外卖，一小时之内基本都能送到；网购，最多三天就可以送货到门，还可以七天无理由退货；外出旅行,坐高铁比开车方便多了,从北京去很多城市周末就可以打来回。这种便捷的生活,是她在巴基斯坦和其他国家没有感受到过的。

于是她不再害怕,甚至有点乐不思蜀:

"我甚至都不想回家了……"

在中国读书,马慕月预想的障碍基本没有遇到,如果非要说有,那大概就是课程很有挑战性。

马慕月所在的国际班,同学们来自不同国家。每周3节课,每节课时长4小时,上课时间很长,但没有学生旷课,她连生病了都不舍得请假,"因为老师有来自世界各地的案例研究和精心准备的课程,4个小时课程,我仍然认为这是不够的"。

在中国读书,马慕月很敬重老师。"无规矩不成方圆",马慕月迟到了一次,老师告诉她,下次会对她额外"关照"。马慕月明白,这种"关照"可不是啥好事儿,打那后,每次上课她都提前到。

老师上课严格,但课下师生之间却是朋友。在老师家里,马慕月第一次吃到了饺子,这种面皮包裹着馅料的食物竟然不用煎炸,只靠水煮就能有这样的好味道,让她吃一口就爱上了。

每天早上，学校钢琴湖畔都有同学在练声，"八百标兵奔北坡"的绕口令，马慕月都要听会了；图书馆的座位总是满的，马慕月学会了线上预约，才给自己抢到"一席之地"。

快乐的学习生活持续了一年，研二时，新冠疫情肆虐全球，马慕月不得不回到巴基斯坦。那时候正是论文开题的关键时间，她毫无头绪，压力巨大，不知道该怎么办，她觉得，同学们都面临着同样的问题，老师怎么可能一一照顾得到？

但导师主动联系上她，克服了两地间三个小时时差的困难，事无巨细地解决她遇到的问题，安抚她的情绪。对于选题存在的问题，导师一针见血地指出需要调整的地方，再指引她寻找新的方向。马慕月这才拿定主意，敲定好题目。

之后，马慕月顺利完成了硕士论文，她毕业了！

Part 3 欢迎大家来中国读书

马慕月想写一本关于中巴友谊的书，正在做一些研究，所以，她决定继续读博。

她研究的课题热烈而直接，像是一个告白："巴铁"，好哥们！

马慕月说，她太喜欢"巴铁"这个称呼了！当她和一群朋友打车时，司机听到她是巴基斯坦人，总会热情地跟她多聊几句；市场上买东西时，说到自己来自巴基斯坦，老板甚至会主动打折。

中巴友谊源远流长，巴基斯坦是中国的全天候战略合作伙伴。两国秉持共商共建共享原则推进中巴经济走廊建设，在巴中企广泛开展社会责任项目，道路、学校、饮水工程、医院等民生项目惠及百姓，这些成果给巴基斯坦民众生活带来了巨大改变，深化了巴中两国友谊。越来越多的年轻人像马慕月一样，通过教育交流项目来到中国，对中国有了更多的了解。

了解越多，彼此理解和尊重就越多。

春节前夕，马慕月在忙着一场大采购：

寒假她要回国，妈妈打来电话，点名要的第一样东西是饺子盒，因为他们全家都爱吃饺子，妈妈要学着自己包，没工具可不行；妈妈要的第二样是葵花子和南瓜子，这两样已经成了他们家的常备零食，他们跟中国人一样，一嗑就停不下来；再加上丝绸和衣服，光给妈妈的礼物就装满了一个行李箱。

爸爸和奶奶想要中药，家里也需要很多装饰品，这些东西又占了两个箱子。

另外，在澳大利亚的朋友也打来电话，说她看上了当地一位理发师的中国妻子穿着的一条裙子，让马慕月无论如何也要给她捎回去。

马慕月的 ins（照片墙）账户持续更新她在中国的留学生活，在众多评论中，她被问到最多的一个问题是：

"怎么才能来到中国读书？"

她的回答是：

"多做一些研究，把注意力转移到中国来，不要被国际上极少数别有用心的言论所影响！"

马慕月会告诉发信息寻求帮助的人，中国大使馆网站上有专门的教育板块，在那上面可以全面了解他们所需要的信息，而且留学申请手续很便捷，网上就可以办理。

马慕月相信，中国一直在敞开怀抱，欢迎全世界愿意来的人，而且一直为此在努力。比如，跟 2018 年她刚来的时候相比，北京现在办理外国人居留许可的场所数量多了很多，甚至如果会从网上办理，根本不需要再跑腿；再比如，她和很多同学来自不同国家，有着不同的宗教信仰，一开始他们都会有"饿肚子""吃不惯"的担心，让他们没想到的是，中国的包容性如此之强，不仅尊重了他们的饮食习惯，还为他们开辟了味蕾新体验——除了在老师家吃到的饺子，火锅

△ 1 马慕月在图书馆
2 马慕月喜欢中国面条
3 马慕月参加"2023年中国有约国际媒体主题采访活动"

和臭豆腐也成了马慕月的最爱。

马慕月很喜欢《诗经》中的"周虽旧邦,其命维新"这句话,她觉得,中国这个文明古国之所以能长盛不衰,正在于其具有自我更新的持久动力。现在,马慕月的弟弟也来到了中国一所大学学习音乐,在伦敦读大学本科的妹妹也会在明年来中国读研。"中国"这个词,越来越多地出现在她身边朋友的社交平台里,并成为讨论的热点。

四年后,马慕月将迎来博士毕业,除了"'巴铁',好哥们!"的课题研究,未来她可能会从事公共政策制定方向的工作。她说,自己不一定会留居在中国,但一定会做中巴之间的信息桥梁,让更多人了解正在蓬勃发展的中国。

专栏3

求知指南
来中国，学什么？

文/杨健

在1978年，中国国内生产总值（GDP）只占世界经济总量的1.7%。到了2022年，中国国内生产总值已经占世界经济总量的18%。有人称这样的高速发展为"奇迹"。事实上，在我们所认知的世界里，没有任何"奇迹"不来自努力，实现"奇迹"的一个很大的因素，就是两个字——学习。

● **中国，有什么可学？**

当今中国在人工智能（AI）、大数据、第五代电信网络（5G）、纳米技术和生物技术、机器人技术、物联网（IOT）和量子计算等领域都取得了技术进步，都在努力追赶世界先进水平。

中国是一个人口庞大、有资源潜力又有生机的国家，已经证明她可以推动国内和国际的创新。因此，我们几乎可以确信：在很多领域，她都有值得学习的地方。中国也正以博大包容的心态，向世界的学子们敞开怀抱。

据有关机构的调查，医学、商科、计算机科学与技术、建筑设计与土木工程、机械工程、汉语言等专业，是较受国际学生欢迎的一些专业。

① **医学**

中国以出色的制度创新和遍布全国的医疗机构（这些机构有些覆盖最偏远的农村），解决了14亿多人口的就医问题。在中国国际教育中，临床医学和全科医学是两个特色专业，非常受国际学生欢迎。出人意料的是：在中国被视为瑰宝的传统中医，也正在吸引一些国际学生的关注，人们越来越认识到中医背后的哲学思想和实际功效。

❷ **商科**

中国强劲的经济和繁荣的商业环境是众所周知的。中国的一些大学的商学院和管理学院提供了与国际接轨的课程体系，以及丰富的实践机会。国际商务和工商管理硕士（MBA）课程非常受外国留学生欢迎。

❸ **计算机科学与技术**

中国有些大学在20世纪50年代就开设了与计算机相关的专业，并逐渐形成了成熟的课程体系。这些成熟的课程体系，为中国乃至全球的计算机行业的发展作出了贡献。中国的网络发展是如此快速，在移动支付、短视频等领域甚至已经开始领先全球。在中国，计算机程序员成为越来越受关注的职业。

❹ **建筑设计、土木工程**

如果你来过中国，那么你会惊奇地发现：中国的城市化进程非常之快！"基建狂魔"这一称呼，源于中国在基础设施建设方面的快速发展和显著成就，也得益于中国有一批在建造和规划领域的设计师及工程人员。所以，为什么不来中国学一个相关的专业呢？

❺ **机械工程**

中国是世界上最大的制造业国家，整个国家也越来越重视机械制造类人才的培养。

❻ **汉语言**

可能最让国际学生头疼的事就是汉语的学习了。在汉语中有很多近义词，同一句话用不同的语气说出来可能就有截然相反的意思。与很多语言采用字母拼写的方

式不同，这种渊源古老的语言，最初来源于对事物的模仿。比如"马"字在中国古代的甲骨文中，看起来就像一匹马。好在中国为国际学生准备了一整套非常完备的汉语培训体系，目的就是让他们学习汉语变得更容易。

● **从人类文明说开去**

说到在中国"求知"，如果我们仅讨论"留学"，显然是不够的。目前，世界上越来越多的人希望了解这个古老东方国度背后的文化。当下的中国，正在掀起"终身学习"热潮，很多人都会利用碎片化的时间，通过手机和数量众多的手机软件来学习相关知识。

如果你有幸来中国留学，那么你除了能学习到文化知识，实际上还可以在很多领域学习到丰富的新知识，得到新的体验。

比如"手造"。中国有非常多的手工艺匠人，在很多年之前，丝绸与陶瓷这样的代表性物品就通过"丝绸之路"到达西方，并受到欢迎。在当下的中国，古老的手工艺焕发出了新的风采，你可能会惊讶地发现：这些神奇的手工艺品，可能是由千奇百怪的物品制作而成的，它的审美，可能融合了西方和东方的元素。

2023年，中国提出了以"共同倡导尊重世界文明多样性""共同倡导弘扬全人类共同价值""共同倡导重视文明传承和创新""共同倡导加强国际人文交流合作"为主要内容的全球文明倡议。这个倡议，洋溢着中国传统文化中"和"的智慧。"和"，是一种承认、一种尊重、一种感恩、一种圆融。在"和"的这种境界之下，如果你有幸到中国来，不管是做什么，不必想太多，静静享受和感受即可。这里不仅有着广袤和深邃的知识，也有着非常热情好客的可爱的人，他们会在你需要的任何时候给予帮助。因为，他们是如此相信"仁者爱人"。

第 4 篇

游历篇

德惠

- **国籍**：马里共和国
- **出生年份**：1981年
- **现居住地**：兰州
- **现从事职业**：博士在读
- **爱好**：学习／搞研究
- **未来计划**：学成归国

钟爱大西北

文/王风强 崔亚楠

黄河从青藏高原流出,在进入甘肃境内时,绕过了一列赤红山脉,名为积石山。相传大禹治水就始于积石,这里是中华文明重要的发祥地之一。

因为这一深意,兰州大学将获取真知之源头的本部图书馆命名为"积石堂"。站在积石堂楼上向外环顾,只见观云楼、齐云楼、飞云楼错落有致,38千米外的榆中校区内,昆仑堂、天山堂、贺兰堂星罗棋布。

2010年,德惠作为马里共和国的国家公派留学生,来到了兰州大学,攻读环境科学专业硕士学位。那年,他29岁。

Part 1 黄河缘

时针拨回到14年前的秋季,那一天,德惠第一次踏上中国的土地，在北京短暂停留后，他改乘火车奔向目的地——兰州。

当时两地还没通高铁，全程需要 20 多个小时，但德惠一点儿也不介意，甚至还有点小欢喜。因为在马里，他本科学的是地理专业，从北京到兰州直线距离近 1500 千米，中间途经多个省份，在慢悠悠的列车上，不但能游览沿途风光，还能了解不少地理知识。

列车一路向西，德惠感受着中国大地上多变的地貌：肥沃的农田、青葱的草地、神秘的阴山、厚重的黄土、荒芜的戈壁、飞扬的沙丘……让他惊奇的是，途中他几次看到一条东西走向的大河，大河周边地区人烟稠密，自然环境也是一派郁郁葱葱。

同行者告诉他：这条大河叫黄河，是中国的母亲河。

黄河！这个词，曾多次萦绕在德惠的脑海里，在马里的语文、地理、历史等多门教科书上，黄河都曾不止一次地出现过。初次相见，德惠就被这条流程 5000 多千米、滋养了万里沃土、孕育了华夏 5000 多年文明的大河深深吸引。

而兰州，正是一座与黄河共生的城市。

九曲黄河九十九道弯，黄河干流从甘肃起一路北上，兰州城似一颗晶莹的碧玉，镶嵌在"几"字弯上。

△ 德惠拍摄的甘南拉卜楞寺

入学后,德惠参观了黄河南岸的兰州水车博览园。他看到,一架轮辐直径 16.5 米的木质水车在缓缓转动。据地方志记载,兰州建造水车的历史至少可以追溯到明朝。人们创造出不易朽、操作便捷的黄河水车,黄河水沿着叶板、水斗、木槽流入土地,这是兰州市黄河沿岸最古老的提灌工具。如今,黄河水车已成为文化遗产,节水灌溉和测土配方施肥技术成为人们发展现代农业的良方。

地质研究,本就属于德惠的专业课程。他惊奇地发现,在兰州,黄河也并不是一年四季都是黄色的,比如冬季,河水会变得透亮,大银鸥从上空飞过,站在黄河边,甚至让他产生了置身海边的感觉。

"噢,这条以颜色命名的大河,可能一开始并不是黄色的!"

在导师的鼓励下,德惠决定继续向西,探究黄河源头。事实上,他并没有走多远,在距离兰州70多千米的刘家峡水电站,他就见到了波光粼粼、清澈见底的黄河,他激动、兴奋,像哥伦布发现了"新大陆"一样不能自已:

"是黄河,将我带入了专业研究的新领域……"

黄河将兰州城区一分为二,南北两岸的皋兰山和白塔山被称为"南北两山"。翻看20世纪50年代的老照片,南北两山地表裸露,甚至难以找到几棵像样的树。曾经,当地百姓挑水上山植树造林,甚至冬季背冰上山埋进树坑,等待入夏冰块融化后润泽树木。如今,山河相融,南北两山尽显碧绿姿态。

通过黄河,德惠了解到了中国的多种地貌和水域特征,这对他的学业研究产生了积极的影响。由黄河,他联想到了家乡的尼日尔河,这也是一条几乎横贯马里全境而过的大河。近些年,受干旱、沙漠化等因素威胁,尼日尔河水量减少,河道变窄,河岸生态系统遭受严重破坏。中国治理黄河的经验,带给了德惠很多启示,他甚至开始规划:

"等我学成归国,一定要为祖国做些什么……"

Part 2 敦煌情

　　翻开历史的书页,有一个地方,它独有的厚重感会扑面而来:

　　它曾占据丝绸之路咽喉锁钥,东是中原腹地,向西联结西域,成为"文明交流互鉴的典范";它还拥有中国最早的"海关",张骞出使西域后,核桃、西瓜、葡萄、石榴、胡萝卜、黄瓜等从这里进入中国;它被历代工匠接力雕琢千余年,数百个洞窟成为大漠里的美术画廊……

　　它,就是敦煌。

　　"敦煌"一词,东汉学者应劭将其字面之意解释为:"敦,大也;煌,盛也。"取盛大辉煌之意,寓繁荣昌盛之愿。

　　初见敦煌,德惠没有感觉到一丝陌生,因为洞窟里的佛像,佛像周边的壁画,壁画上面的纹饰,他都感觉似曾相识。

　　"中马两国离得那么远,为什么我们的文化元素也会出现在这里?"

　　结合两国的史料,德惠找到了答案:

　　丝绸之路是古代连接中国与欧洲的重要商路,而跨撒哈拉商路是连接西非和北非的贸易通道。因西非一带盛产黄金,所以这条穿越撒哈拉沙漠的通道被称作"黄金商路"。有"尼

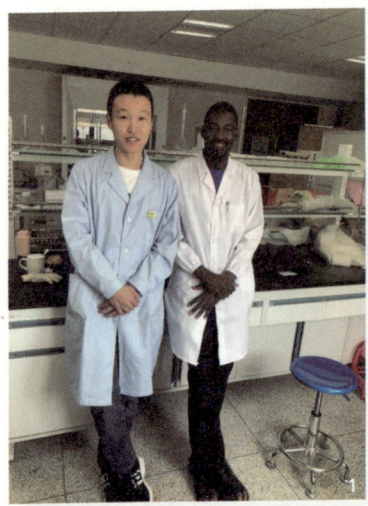

1 德惠（右）和同学在实验室
2 德惠（右）和同学爬长城
3 德惠（中）和同学在野外调研

日尔河谷的宝石"之称的杰内古城（位于今马里中部尼日尔河内三角洲最南端），就曾经是古代非洲内陆商路上的重要中转站。

"使者相望于道，商旅不绝于途"，西域的商旅和使团带着骏马、玉石、香料，经由敦煌进入河西走廊，返回时他们又满载丝绸、茶叶和陶瓷，自敦煌步入大漠。伴随着贸易而来的，除了各色各样的商品，还有不同的宗教、语言、音乐、舞蹈、绘画、雕塑和生产技术，敦煌成为东西方文明碰撞交融、和谐共生的乐土。技艺精湛的画师们把当年的生活场面，以及佛教故事描绘在敦煌石窟的墙壁上。今天，透过色彩斑斓的壁画，我们仍能感受到那个遥远时代的繁华盛景。

"敦煌就像有一种神秘的力量，把人留下来，我去过三次，每次都不想离开……"

不止敦煌，整个甘肃对德惠都有种深深的吸引力，除了莫高窟的不朽艺术，还有那闪耀着光辉的人文胜迹。两千多年来，无数诗人沿着丝绸古道走过甘肃、走向敦煌。他们在金戈铁马的征战中实现着自己的人生抱负，也在大漠戈壁、雪山草地的征途上升华了自己的精神和人格，留下了大量的诗词歌赋。

据统计，《全唐诗》中收录边塞诗2000多首，其中约

1500首与大西北有关,许多诗人都留下了著名的诗篇,德惠随口也能吟诵出几篇:

"大漠孤烟直,长河落日圆。"王维的《使至塞上》节奏铿锵,张力尽显,把人的视野扩展到广袤无垠的天地。

"羌笛何须怨杨柳,春风不度玉门关。"王之涣的《凉州词》描写的是戍边士兵的怀乡情,虽苍凉慷慨,但悲而不失其壮,表现出盛唐诗人的豁达广阔胸怀。

"但使龙城飞将在,不教胡马度阴山。"从王昌龄的《出塞》中,后人可以体会到守边将士建功立业的愿望和保卫国家的壮志。

久居甘肃多年,德惠对大西北产生了深深的情感依赖,他甚至像一名导游一样,跟我们分享了丝绸之路重镇"酒泉"得名的动人传说:

在汉代,匈奴常侵扰周边居民。相传在著名的河西之战中,骠骑将军霍去病成功击败了匈奴,汉武帝赏赐御酒,霍去病以功在全军,人多酒少,遂倾酒于泉中,与将士共饮,故这里有"酒泉"之名,意喻美酒来源之地。

在中国,德惠在导师家过了第一个中国年。他觉得,中国人跟马里人一样,注重礼貌、讲究礼节,有客人来访,总是热情相待；春节期间的饺子，他连续吃了几天都吃不够；大年初一清早，他像当地人一样，跟着朋友挨家挨户拜年，浓厚的节日氛围，让他有家的感觉……

采访时，德惠正在准备论文答辩，如果顺利的话，很快就会博士毕业。求学多年，他目睹了中国在生态文明建设的道路上不断取得进步，把中国北疆这道万里绿色屏障构筑得更加牢固。

他山之石，可以攻玉。德惠说，马里约一半的面积是沙漠或半沙漠，他计划博士毕业后，回到马里的大学任教，把中国环境治理的实验仪器和研究成果引进到马里，建一个好的实验室。如果条件具备的话，他甚至会创建一个关于环境化学方面的专业，未来跟母校兰州大学加强交流合作，介绍自己的学生来兰州大学深造。最后，他认真地告诉我们：

"这，是我的使命！"

罗杰

◇ **国籍**：俄罗斯
◇ **出生年份**：1985年
◇ **现居住地**：沈阳
◇ **现从事职业**：电商、短视频博主

别叫我老外，叫我"老铁"！

文 / 王风强 王萌

Part 1 黑河被俄罗斯朋友"包围"了

2023 年 9 月，黑龙江省黑河市。

外皮深咖色带着裂痕的茶叶蛋、根根金黄酥脆的大油条、刷满酱汁的喷香蛋堡，乍一看这是个典型的东北早市，但在摊位两旁，却挤满了金发碧眼的俄罗斯朋友，戴着红色绒线帽和套袖的东北大姨，正操着一口流利的俄语介绍着产品的价格……

自打黑河市率先恢复中俄互免签证团体旅游业务后，两国人民就开启了"串门儿"模式，黑河早市也有了"国际化大早市"的新身份，不少早市摊位上立起了中俄双语招牌，吸引了成群结队的俄罗斯游客前来排队"觅食"。这其中，一个叫罗杰的俄罗斯小伙子分外扎眼，作为一名东北女婿，一位熟练掌握东北话的俄罗斯人,他一点也没拿自己当外人,游荡在早市和各个摊主进行双语对话,在黑河零下5摄氏度的室外在线"吃播",一边吃着热乎乎的豆腐脑和刚出锅的大油条,一边不停地感叹"太香了""绝了"。

当然,"吃播"之外,罗杰还会向路过的俄罗斯同胞奉上东北游玩攻略,他倾情推荐刚购买过的早餐摊子,还为大家介绍了除早市外黑河其他值得去的地方,以及从俄罗斯来黑河的往返流程等。

东北话说得如此地道,不仅俄罗斯同胞好奇,也引来了中国人的赞叹。有人问其原因,罗杰总会眉角上扬、骄傲地说上这么一句:

"谁让咱第一站来的是东北呢?"

2004年,正在俄罗斯伊尔库茨克国立大学读书的罗杰,获得了一个宝贵的学习机会,他将作为一名交换生前往中国。在西伯利亚的冷空气发威之前,罗杰来到了中国沈阳,成了辽宁大学的一名留学生。

初来沈阳,罗杰就好似和这个城市无缝衔接上了。这里的冬天"嘎嘎"(东北方言,意为"非常")冷,这里的人们"嘎嘎"热情,这里还有很多俄式建筑让他觉得"嘎嘎"亲切。很快,他不再想念家乡的土豆泥、红菜汤、鱼子酱,

因为他发现了美食新大陆:

"来沈阳不吃鸡架,就等于没有来过沈阳。"

沈阳,一个把鸡架做到极致的城市,拌鸡架、熏鸡架、煮鸡架、烤鸡架、炒鸡架、炸鸡架、铁板鸡架……除了鸡架,这里还有烤冷面、押面、熘肉段、锅包肉。说起这些美食,罗杰甚至会"垂涎三尺",回味无穷。

作为一个"吃货",罗杰不仅会吃,还会自己动手做美食。新鲜的食材下锅,伴着并不算太熟练的厨艺,"罗杰杀猪菜"出锅了。有人说,东北人对你的爱,就是一顿杀猪菜。他时常感叹东北人对于猪肉的烹饪造诣,堪称登峰造极——整头猪的每个部分,都能在东北人的厨房中得到"礼遇"。

东北,征服了罗杰的味蕾,罗杰也征服了东北话。

Part 2 学会东北话,走遍全国都不怕

"学了东北话,一个传染俩!"

这话罗杰有深刻体会。出国前他对学汉语并不怎么上心,"四十是四十,十四是十四……"他几乎要因为这复杂的发音而放弃了。可来到沈阳后,他发现东北话魔性十足,让人无法抗拒,东北人自带幽默细胞,一张嘴就是"单口二人转"。

△ 罗杰酷爱穿军大衣

另外,东北话"传染性"极强,几乎不需要主动学习,只要你愿意融入当地生活、接受当地习惯,愿意跟人交流,你离东北话"十级"就不远了。

"你瞅啥?""别磨叽!""必须滴(的)!"……

跨过语言这道关,罗杰如鱼得水,他萌生了留在中国工作的想法。从学校毕业后,他什么工作都尝试过,当过外教,做过翻译，但大部分时间都在做小生意，把中国的东西卖到俄罗斯。虽然他生活在沈阳，但罗杰却能在全中国尤其是东三省自由穿梭，用他的话说就是：

"学会东北话，走遍全国都不怕！"

有一次，罗杰去牡丹江出差，准备返程时，发现钱包丢了，身无分文的他被困在了火车站。翻看手机通信录，他想起了之前认识的一个大哥，隐约记得大哥就是牡丹江人。抱着试试看的想法，罗杰拨通了大哥的电话，不到半小时，火车站来了个人，是那位大哥老家的亲戚，罗杰并不认识他。他给罗杰买了火车票，还给了一些钱，让罗杰能够放心回沈阳。

这张火车票，让罗杰在异国他乡的寒冷冬天，感受到了东北人的豪爽和善意：

"十几年了，我一直记在心里。"

这件事，让罗杰更坚定了留在中国的决心。2015 年，由于生意需要，罗杰带着妻子回到俄罗斯；2023 年初，还是生意需要，他再次回到沈阳，8 年不见，沈阳的变化让他大吃一惊。

Part 3 别叫我老外，叫我"老铁"！

8 年没来中国，如今宽阔的马路，崛起的高楼，繁华的商厦，让罗杰惊奇不已。但他还是第一时间窜进了小巷子，迫不及待地品尝起了久违的美食。

"嗯，还是这玩意儿得劲……"

热气腾腾的烟火气，让罗杰感觉到沈阳才是他的家。鸡蛋灌饼、肉夹馍、煎饼馃子，尤其是他最爱吃的鸡架……回来不到一年，罗杰胖了20斤，这20斤里，这些小吃起码贡献了18斤。

虽然离开了8年，但罗杰觉得，他的灵魂其实一直待在沈阳，他只是到俄罗斯出了一趟长差而已。相比于8年前，他觉得，生活更便捷了！

"扫码支付、网购、物流、外卖，我觉得没有一个国家在生活便捷程度上比得上中国。"

在俄罗斯时，罗杰想买个生活用品，需要开车到市里的超市，采购的东西多了，往家里搬运也挺费事。可在中国，快递可以送到家门口，一件物品从下单到收货，顶多四天。

除了做生意，罗杰也会像辽宁民间宣传大使一样，积极地在社交账号上推介这个他无比钟爱的省份：

"老铁们，我让你们每一位都知道咱们的辽宁有多么好。新中国工业的脊梁，第一枚国徽、第一根无缝钢管、第一代喷气式歼击机、第一艘航母，这些工业奇迹的诞生地都在辽

△ 罗杰在东北雪乡

宁；金刚石储量全国第一，甚至奥运会金牌数量也是全国最多的……"

正因为如此，所以当有人把他当成外国人时，他总会幽默地纠正：

"别叫我老外，叫我'老铁'！"

Part 4 我爱你，中国！

近几年，中俄两国合作项目遍地开花，经贸往来屡创新高，两国民间交往热情高涨，在互免签证的政策下，大批中国游客前往俄罗斯滨海边疆区、哈巴罗夫斯克边疆区等远东地区游览观光。在中俄边境，去中国早市吃早饭已成为许多俄罗斯民众一天中不可或缺的一部分。

罗杰敏锐地嗅到了其中的商机，他把整个东三省当成贸易"大本营"。他在自己的短视频账号里，除了介绍东北美食和生活日常之外，还把俄罗斯的好东西介绍到中国，他觉得，这是中俄两国贸易领域的"双向奔赴"。

这一次，罗杰打算长居沈阳。在中华优秀传统文化的传播上，他甚至比中国人还要"操心"，比如2023年中秋节，他正儿八经地发布了一段视频，跟大家讨论五仁月饼为啥越来越少的问题：

"五仁月饼，里边必须得有青红丝啊，虽然有很多人不爱吃，但没有青红丝的月饼是不正宗的。青丝的原料是新鲜的青梅，红丝的原料是玫瑰花……"

谈到情深处，罗杰露出了遗憾的表情，他无比怀念10年前纯正的五仁月饼。然后，他还告诉粉丝们，当天是团圆的日子，要提前下播。

这一天，他的哥哥也来到了中国，哥俩团聚，小酌一杯，就像回到了童年在贝加尔湖畔那无忧无虑的时光。中国国庆节当天，他带着哥哥凌晨4点就来到了北京天安门广场，和现场人山人海的中国人一起，观看了升旗仪式。看着庄严肃穆的国旗冉冉升起，兄弟俩也无比激动，情不自禁地比了个心，说：

"我爱你，中国！"

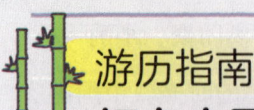

游历指南
打卡中国 看锦绣山河

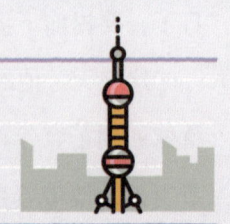

文/王斐然

中国山河壮美，历史悠久，文化灿烂，不同文化基调的碰撞，会让旅程焕发不一样的精彩。你想象中的中国是什么样的？

● **锦绣山川满足你所有想象**

中国的锦绣山川，每一处都散发着独特的魅力，它们是大自然的杰作，更是中华文明的瑰宝。无论是险峻的华山、巍峨的泰山，还是秀丽的黄山、奇特的张家界，都让人惊叹于大自然的神奇力量。这些山川湖泊承载着丰富的历史和文化，见证了中华民族的崛起和繁荣，也见证了中国人民的坚忍和拼搏。

● **文明绚烂足以让世界倾倒**

美国历史学家斯塔夫里阿诺斯在《全球通史》中这样写道："中国文明是世界上最古老的、未曾中断的文明。"的确，在中华大地上，保存着不计其数、无与伦比的物质和非物质文化遗产，孕育了多元文化。

在产茶的省份，如果你能遇上个本地人给你讲讲饮茶背后的"茶道"，讲讲中国饮食、服饰、传统生活工具背后的文化，你会发现，中国的文化融入生活的每一处细节里。如果正是逢年过节，你来到某地，还可以体验一下这里的节日风俗。腊八祭的灶神、春节贴的窗花、大年三十的红灯笼高高挂，还有元宵的灯会、端午的龙舟……你在这里可以看到独属于中国人的生活美学。

中国是一个统一的多民族国家，少数民族人口共计1亿多。在这里，你可以看到蒙古族那达慕大会上的摔跤、赛马；你可以看到苗族装扮的少女，背着竹篓的阿婆；你可以尝一尝佤族的水酒、藏族的糌粑……

● **中国这么大 外国人爱去哪里玩？**

在来中国旅游之前，这份攻略请你收好。

近年来，中国入境游迅速升温。在北京、上海、广州、深圳等大城市，随处可见外国面孔，在一些热门景区，也随时能够碰到外国人。

据国家移民管理局发布的数据，2024年上半年，全国各口岸入境外国人1463.5万人次，同比增长152.7%。其中通过免签入境854.2万人次，同比增长190.1%。

2023年以来，中国对多个国家，如澳大利亚、法国、德国等国试行单方面免签，还与新加坡、马来西亚和泰国等国互免签证。中国所有对外开放口岸对世界各国人民实施24小时过境免签政策，目前，中国19个省份的41个对外开放口岸，对美国、英国、加拿大、韩国、日本等54个国家人员实施72小时或144小时过境免签政策。

免签扩容后，外国人来华旅游，喜欢去什么地方？据携程数据，2024年上半年入境外国游客酒店预订量前10的城市分别是上海、北京、广州、深圳、成都、杭州、重庆、昆明、西安和南京，这些城市都是中国热门的旅游目的地。

不止大城市，一些外国游客还选择去一些小城市游玩。比如湖南的张家界，一直是韩国人的"宠儿"。韩国有句流行语叫"人生不至张家界，百岁岂能称老翁"。子女支付旅行费让韩国老人去张家界旅游被称作"孝道游"。湖南省文旅厅公布的统计数据显示，张家界市2024年第一季度接待入境游客达26.12万人次，比2023年第

一季度增长47.58倍，比2019年第一季度增长44.44%；入境客源地达101个国家和地区，其中韩国、泰国、马来西亚、中国香港、越南、中国台湾、新加坡、印度尼西亚、美国、俄罗斯位居前10。

还有山西运城。据携程数据，2024年1—5月，运城的境外游客机票订单量较2023年同期涨了89%，较2019年同期涨了246%。这或许跟自2024年3月1日起中泰互免签证有关。2017年，运城市的首条国际航线开通，直飞泰国曼谷。泰国人热衷三国文化，《三国演义》中的"草船借箭"和"火烧战船"等片段还被选入泰国中学教材，而运城是三国蜀汉名将关羽的故乡，有全国最大的关公庙。

亚洲邻国居民对中国城市的偏爱，往往同地理距离有关。比如说，2024年一周内从日本飞往大连的航班达到57班，因为大连是离日本相对较近的中国城市，距离东京只有3小时航程，还是中国日语普及率极高的地方；从韩国飞往青岛的飞机一星期多达122班，因为青岛和韩国之间仅仅只隔了一片海，从首尔坐飞机约90分钟便能抵达青岛，据统计，最高峰时有近10万韩国人在青岛居住。

有意思的是，在意大利做生意的温州人多，据说"每个温州人都有意大利亲戚"，于是温州也挤进了意大利人最爱飞的中国城市前列。

需要提醒的是，来中国旅游除了要预订机票、酒店之外，还有一件重要的事要做，就是要预约好某些旅游景区的门票。由于某些景区内部空间有限，如果同一时段有过多游客涌入，很可能会对珍贵文物造成破坏。而预约制能有效控制各时段的游客总量，让游客不用拥挤在一起，从而提升大家的旅游体验。

第5篇

衣尚篇

漫溪

○ 国籍：法国
○ 出生年份：1996年
○ 现居住地：济南
○ 现从事职业：模特
○ 爱好：看书、看电影、养猫、写日记
○ 未来计划：在中国结婚、考研

法国女孩眼中的东方美学

文 / 薛曾蕙 任静

Part 1 水墨印象 来自东方的召唤

每个人的童年,都是一张画布。法国女孩漫溪的童年画布上,除了有油画的色彩斑斓,也有中国水墨的清新雅致。

"我小时候,爸爸带我看过一些中国电影,比如,《十面埋伏》给我的印象就很深刻,章子怡在电影里穿的衣服特别美,让我痴迷,那是跟我生长的环境完全不一样的文化。"

那是漫溪第一次接触中国文化。

亭台楼阁,竹竿剑雨,温婉清秀的东方面孔,重工织锦的宫廷水袖……这些在中国电影中才能看到的一帧帧画面,像一幅浓墨重彩的长卷,烙印在一位13岁法国少女的脑海里。墨色深浅间,蝶化出这座东方神秘国度的千年风华,撒落成颗颗动人心魄的种子,种在她的心里,成长成参天的树林。

树影婆娑中，似乎有个声音一直在呼唤她：到中国去。

那是2019年，漫溪作为交换留学生来到中国，在济南大学学习中文，这是她从小就想学习的专业。

"可能我对语言比较敏感，从小就想学中文。上高中的时候，爸爸专门帮我找了有中文课的学校。"

每天坐半个小时的巴士到学校，跟同样热爱中文的十几个同学一起上课，是高中时代的漫溪最享受的时光。可毕竟学的是跟母语完全不同的语言，汉语学习的过程并不容易。

"当时我的汉语启蒙老师来自中国台湾，留给我的印象非常深刻。她人很可爱，而且特别热爱自己的工作，热爱中文，所以我也受到她的影响，越学越爱学，就不觉得那么难了。"

至此，漫溪学习汉语已经十年了，她甚至可以听懂山东的方言，并灵活按照当地人的习惯与人沟通。比如，在济南，对人表示尊敬要称呼"老师儿"，见了比自己大的同龄人，要喊一声哥、姐，显得亲切。

来到中国后，漫溪时常庆幸自己从小学习中文的经历，那是一把通向古老东方文明之门的钥匙，让她得以探寻这份神秘。

Part 2　何为时尚？简约与华美皆是经典

雷恩，法国西北部第二大城市，是一座古老与现代交融的城市，号称"法国幸福城"。2012年，被法国杂志 *L'Express* 评为"全法最宜居的城市"；2020年，在法国最具吸引力城市排行榜中，夺得首冠。雷恩还是漫溪成长的地方。

雷恩虽非璀璨夺目的时尚之都巴黎，却在其静谧与深邃中，展现了法国独特的魅力。这里的人们，骨子里都刻着那份与生俱来的浪漫与时尚。他们钟爱的简约风格，犹如这个城市的古老建筑与现代元素的完美融合，既有历史的厚重，又不乏现代的轻盈。而那份高级感，来自雷恩的街头巷尾不经意间流露出的优雅与从容。

宽松的牛仔裤，亚麻色的棒针毛衣，外搭黑色阔款皮衣，脚上搭一双小黑鞋，斜挎黑色皮质小号邮差包，这就是漫溪的日常穿搭风格。淡淡的妆容恰到好处，从头到脚没有一丝多余。

"我通常穿得很简单，颜色也以黑、白、灰、米色为主，我认为简约、舒适，也可以很高级。"

时尚从来都是多元的。简约，凭借的是清新利落的线条和简洁明快的色彩，追求的是纯净与精致，可以让人在繁忙的生活中感受到一丝宁静与美好。而传统东方的繁华，则以其丰富细腻的图案和深沉厚重的色彩，展现着时尚的历史底蕴与文化内涵。它承载的是千年传统，已经成为新兴时尚的代名词。

"有一次我在大明湖，看到有女生穿着唐代的衣服，金色、绿色，搭配得特别美，就特别想尝试！但是说实话，欧洲人骨架比较大，穿上肯定不如中国姑娘穿起来好看。"

"云想衣裳花想容，春风拂槛露华浓"，在大明湖畔见到的那一幕，让漫溪对中式华服心驰神往。实际上，汉服正悄然成为当下中国的流行风潮。优雅的襦裙、华丽的云肩、飘逸的褙子，精美的花纹和刺绣等，汉服穿搭逐渐从旅游景区内的特色装扮，蔓延至城市的街头巷尾，成为日常穿搭的一部分。更值得一提的是，这些承载了四千多年历史文化的汉服，如今已跨越文化的界限，不仅在年轻人中成为风尚，更走进了顶级时尚圈，展现出其独特而持久的魅力。

尝试汉服，是漫溪的一个小小心愿。她不仅对华美的唐装心怀向往，更对眼下风靡一时的马面裙与新中式服饰抱有极大的热情。她决定，要买一件新中式外套作为出街"战袍"。一次在商店里，漫溪一眼就被一件战国袍吸引到挪不开眼。怎么描述这种感受呢？是那深藏不露的处世哲学，是那清冷庄重的东方气质……穿上这身战国袍，漫溪似乎体会到了童年电影中"武林高手"的感觉。虽然它长袍大袖，不甚日常，但却飘逸灵动、英气勃勃，没有犹豫，漫溪买下了这件"心头好"！

"流行是有轮回的。原来的牛仔喇叭裤、大波浪发型，现在在法国同样被人追捧。往往经典的东西，更经得起时间的考验，有段时间它可能会消失，但过段时间又重新归来。我感觉中国20世纪八九十年代的衣服和法国的很像，时尚和经典是不分国界的。"

漫溪有手写日记的习惯，回到济南的住处，她把这次购买"战国袍"的体验记录在了日记本上，并配上自己绘制的卡通小画，仿佛时光倒流，将她带回了那个纯真无邪的童年。然而这次，她真正地触摸到了那柔软丝锦上的刺绣，那千年的风华与韵味像缚在臂膀上的披帛，薄如蝉翼，萦绕在心。

Part 3 东方的时尚密码 可能藏在典籍里

在济南大学毕业后，漫溪选择留在中国，成为一名签约模特。

身高一米七六，金发碧眼，鼻梁高挺，还会一口流利的普通话，有着法式面孔的漫溪在山东模特界，很快小有名气。

漫溪很享受"两个我"的生活：

舞台上的她张扬耀眼。无论是钉珠刺绣的高级定制礼服，还是街头混搭的休闲潮服，她都能够迅速领会品牌的精髓，并让自己与之融为一体，展现出不同的魅力。然而，生活中的漫溪却崇尚极简生活，这与她在舞台上的张扬形成鲜明对比。

闲暇时候，漫溪喜欢在家里看看书、做做饭，伺候自己的"猫主子"。她喜欢这种安静的"宅女"生活，享受独处的时光，即使出门，也只是沿着河边散散步，或者和当地朋友安静地看一场电影。她甚至开始抗拒灯红酒绿的夜生活，就如同她不喜欢法国奢侈品牌一样，这让一些中国朋友感到讶异：

"有些人热爱法国奢侈品，包括服装、包包，但我自己包括家人真的不是特别追捧。"

漫溪对于在网上购买服装有着特殊的狂热：

"今天买隔天就到了，你可以收藏喜欢的店铺，他们的风格和质量很稳定，几乎怎么买都不会踩雷！"

漫溪的衣橱的确很简洁。衣服色彩统一，黑白灰再加上米色，几乎没有很跳脱的颜色，款式上以休闲服装为主，几

△ 1 曹县汉服基地的龙纹汉服
2 中式发簪
3 漫溪佩戴中式发簪

△ 漫溪在中国养的猫　　　　　△ 婚纱品牌定妆照

乎很难见整套的套装，那件接近两米长的"战国袍"大约是唯一的特例……

在漫溪看来，时尚不是某个品牌，而是某种思维，甚至关乎哲学。就像她虽然对本国大牌的设计无感，却时常被中国设计师设计的服装所震撼。歌曲《青花瓷》中的那句"素坯勾勒出青花笔锋浓转淡"，将青花瓷的温润、淡雅形象尽显。在时装秀场上，这清新典雅的蓝白花纹，也被丝线勾勒在了霓裳华服之上。褶皱之间，尽显设计师们对东方素雅之美的青睐与追捧。

现在的漫溪，最喜欢的是中国香港设计师云惟俊的作品：火焰灼烧后的婚纱、被酒渍浸染的白衣、被大雨淋湿的礼服……虽然用料和剪裁都很"西方"，她却能从中感受到中式的唯美、浪漫、灵动，那种留白和破碎感，让她沉醉痴迷，她幻想着，有一天自己也能在T台上演绎这样风格的作品。

2024年，是漫溪来中国的第五年，她越来越忙了。她和中国男友感情稳定，准备迈往人生下一个阶段；她忙着考研，希望精进学业，让自己在中年之后，仍然有能力在社会上立足；忙里偷闲，她还在如饥似渴地阅读，她隐约觉得，东方时尚的"真谛"，就沉淀在古老的东方哲学书里……

纳比尔

- **国籍**：也门
- **出生年份**：1968年
- **现居住地**：西塘
- **现从事职业**：汉服销售
- **未来计划**：创立自己的汉服品牌

"汉服使者"扎根千年古镇

文/薛曾蕙 任静

Part 1　爱上西塘　一个让人不想离开的地方

21世纪的中国，城市天际线日新月异。不论是一线国际都市，还是三线城市，现代化建筑拔地而起，玻璃幕墙熠熠生辉。在广厦天地间，还隐匿着许多古老的小镇。这里有小桥流水，白墙黛瓦，这里的每一块石板、每一道屋檐上，都刻满了岁月的痕迹。

西塘，位于江浙沪三省市交界处，隶属浙江省嘉兴市，是古代吴越文化的发祥地之一，已被列入中国世界文化遗产预备清单。早在1300年前的唐朝开元年间，这里就建有大量村落，房舍沿河而建，人们伴水而居；到了南宋时期，村落形成了规模，就有了市集；元代商业繁盛，形成了集镇；明清时期就发展成了江南手工业和商业重镇。有人形容这里有

"春秋的水，唐宋的镇，明清的建筑，现代的人"，这真是对西塘再恰当不过的描述。

"第一次来西塘古镇旅游，我们就决定要在这里买房子，这里太美了。"

56岁的纳比尔，来自也门共和国。2015年，他与妻子到西塘古镇旅游，他们站在送子来凤桥上，看着古镇的水道纵横交错，木船泛舟河上，巷子里的老字号热闹非凡……这是中国千年的水乡古镇啊，像梦幻中的世外桃源一样，是让人来了就不想离开的地方。

"在这里买了房子，我们就天天逛古镇。"

踏在青石板铺成的街道上，轻轻掠过斑驳的白石墙，看河埠头阿婆拿着木槌捶打着衣裳，听廊棚下阿公聊着家常。"梦里水乡，画中人家"，他们沉浸在千年古镇，大口呼吸着这里的悠扬古韵，最让他们惊艳的，竟然是身穿华夏衣冠，甩袖回眸间流露出的那份美。

Part 2 流风回雪 一眼千年

汉服，又称华服。在《春秋左传正义》中曾有记载："中国有礼仪之大，故称夏；有服章之美，谓之华。"

△ 纳比尔与妻子　　　　　　　　△ 纳比尔向客人展示汉服

汉服不只是汉民族传统服饰，更是中华民族的国粹，是中国不可替代的传统文化符号之一。汉服"始于黄帝，备于尧舜"，源自黄帝制冕服，在两千多年前的周代，就形成了一套完善的着衣体系。秦之古朴，汉之风雅，唐之华美，宋之娟丽，明之端庄……在几千年的演变过程中，汉服作为社会等级制度和礼仪的重要体现，反映了不同历史时期人们的生产技术、生活习惯和审美标准等方面的变化。

"我第一次穿汉服，就觉得特别美！当时也不懂得化妆造型，但是穿上就爱上它了！"

纳比尔的妻子尹红霞，第一次在西塘穿上汉服，就被这飘逸灵动、衣袂翻飞的美所吸引。住在西塘的日子，两人巧遇一年一度的西塘汉服文化周。"足下蹑丝履，头上玳瑁光，腰若流纨素，耳著明月珰。"青石板铺成的街道上，男子宽袍大袖，女子长裙摇曳，小孩在古色古香的天地中自由奔跑，汉服的优雅与江南水乡的温婉相得益彰。天南海北的同胞汇聚一堂，一片百花齐放的盛景，让人像穿越到了历史上的某个瞬间，不知今夕何夕。

2016年，纳比尔和妻子在西塘开了一家汉服店，起名"流风回雪"。店名取自"髣髴兮若轻云之蔽月，飘飖兮若流风之回雪。"三国时期曹植的《洛神赋》中，用这两句形容落雪飞扬，女子衣衫飘飘、婀娜多姿的样子。

就这样，在西塘古镇卖汉服的老板，成了纳比尔和尹红霞的新职业。

"我们自己喜欢汉服，女孩子穿着汉服在西塘的古建筑里，怎么看都是美的，因为喜欢就开了这家汉服店。"

那时候，西塘古镇的汉服店还寥寥无几，如今汉服店的数量达到了200多家。中国西塘汉服文化周已经连续举办了12届，最初只有不到万人参与，如今成了超过10万人的盛宴。"汉服热"的兴起，让人们看到了中国传统服饰文化的回归，也是新时代人们追逐潮流风尚的生动写照。

"今年马面裙特别流行，因为很好搭配，配毛衣、搭羽绒服都很合适。"

作为汉服文化的前线传播者，纳比尔夫妇对新时代衣尚的风向标了如指掌。在龙年春节，国潮风的"新年战袍"成为潮流，"新中式"穿搭被彻底催热。短款棉服搭配马面裙，盘扣外套配牛仔裤，带刺绣的旗袍外搭羊绒大衣……在消费者的眼中，"新中式"似乎也没有特别严格的定义，就是中国传统元素跟现代的流行符号混搭在一起，且毫无违和感。

纳比尔也会穿汉服。圆领白衫，背后有龙的男款汉服，都是他喜欢的款式。而尹女士通常在店里都穿着汉服，她日常最重要的工作，就是为到店的顾客提供化妆造型。

"之前女孩子穿汉服，披个长发，或者把头发简单盘一下就觉得挺美了。现在随着人们对汉服的认知越来越清晰，不同形制的汉服，要搭配不同的妆容和发型。"

在旅游的旺季，一天的造型拍摄能达到30组左右。而这几年，越来越多的外国友人也踏进了他们夫妻二人的汉服店。每当这时候，纳比尔都会用英文和阿拉伯语向他们介绍汉服，并帮助他们试穿。

"汉服在我心目当中就是国粹，值得被发扬，被传播！我觉得我作为汉服爱好者能够正向传播汉服文化，这是我的一个荣幸，也是我的一个使命吧。"

在从事了八年的汉服销售之后，接下来他们要做自己的汉服原创品牌，让更多的人了解汉服，爱上汉服！

"我希望我们的汉服可以起到传播的作用，让大家看到后都想要穿上它。越是传统的，越是世界的。"

Part 3 这里就是我的家

早在1986年，18岁的纳比尔就只身来到中国，开始了他的留学生涯。他先在北京的学校学习了汉语，一年后，在上海同济大学就读土木工程专业。从本科到博士，纳比尔在中国经历了很多。最让他珍惜的，就是在校园活动中认识了现在的妻子尹女士。

"他待人做事都特别认真。"

一个学的是土木工程专业，一个学的是房地产专业，两个年轻人被彼此的真诚所吸引并走在了一起。2001年，两人步入婚姻的殿堂，纳比尔也开始了在中国的婚姻生活和工作。

"我来中国以后，爱上了这里的文化、这里的人、这里的和平，我愿意在这里安家。"

博士毕业后的纳比尔曾作为翻译，在义乌从事对外贸易工作，把中国的工艺品、日用品和服装等，出口到阿拉伯国家。而西塘古镇一眼千年的美，让纳比尔夫妇彻底放弃了之前的快节奏生活。

"我们喜欢一起做饭。"

大盘鸡、烧鱼……纳比尔喜欢吃妻子做的每一道菜,他也会给家人做烤鸡、烤肉。饭后,夫妻俩会携手在古街的石板路上散步。华灯初上,沿街店铺中暖黄的灯光透过窗棂,火红的灯笼在夜风中摇曳,倒映在静静流淌的河水中,像星星落入凡间。

结婚20多年来,纳比尔跟妻子相爱相伴,他们独爱西塘的美,钟爱汉服和汉服背后的文化……这一切都是他们扎根在西塘的理由。

在西塘,纳比尔养了两只猫,并成为小区流浪猫们的义务饲养员。三四年来,每天晚上他都会在固定的地点准时出现,为在黑暗中徘徊的流浪猫们带来一份温暖和希望。

"给它们爱,它们就会把这里当成家,人也是这样。"纳比尔说,"我爱上了这里,这里就是我的家。"

专栏 5

穿搭指南
服章之美谓之华 礼仪之大谓之夏

文/薛冰洁

● **中国服装材料演变史**

中国人讲究的"衣食住行"中,"衣"排在首位。

服饰不仅是遮羞保暖的工具,更是一种文明进步的象征。人类只有穿上衣服,才真正地与动物区别开来,踏入文明社会。

1933年,在北京周口店山顶洞人遗址中,人们发现了骨针和钻孔的石、骨、贝、牙装饰品,骨针通体光滑,针孔窄小,针尖尖锐。从出土的文物来看,在原始社会,人类就能利用兽皮一类的自然材料缝制简单衣服。之后,人们又用麻布和蚕丝做衣。

春秋战国时,丝织技术进步,越来越多的贵族开始穿上丝绸服饰。

汉代,丝绸服饰逐渐普及,进入寻常百姓家。也就是这时,丝绸之路开通了,对外贸易兴起,丝绸成为中国早期的出口商品。

到了明代,纺织工业逐渐成为重要产业,棉布生产量大幅增加。棉布制品往往因亲肤透气、价格适中,成为普通劳动者的首选。

● **中国传统服饰衍变及朝代特色**

回望中国历史,不同的服饰款式,代表着不同等级的身份地位。这一点早在商朝时就显现出来,当时服饰特点鲜明,奴隶主贵族常戴高冠,穿交领过膝绣衣,女子则头戴饰品,披发垂肩。

到了西周时,服饰制度已经初步建立,皇帝、诸侯、公、卿和大夫所穿的冕服,都有复杂细致的等级划分,主要体现在章纹的增减和冕冠上"旒"的增减上。

春秋战国时期，服饰开始多样化。男子常穿衣、裳等，女子则常穿上下一体的袍服（即深衣）等。

秦汉时期，服饰逐渐统一，秦始皇推行"衣冠一统"政策，使得服饰在形式上更为规整。

魏晋南北朝时期，服饰风格以洒脱素雅、轻灵飘逸为主。男子以衫为主，女子则穿襦裙，服饰开始注重个性和审美。同时，由于民族融合和文化交流，服饰也呈现出多元化的特点。

唐代，女性更加敢于表达自我，追求个性之美，服饰艳丽，款式"奔放"。襦袍的领口式样出现了直领、鸡心领、袒领等多种形式，袒领一度受女子青睐，短襦内不着内衣，露出整个脖子。男子则常穿圆领袍衫。

宋代服装注重简约清雅，体现了儒家文化的内敛特质。宋代男子的服装仍以圆领袍衫为主；女子的上衣有襦、袄、衫、褙子、半臂、背心等多种形制，下裳以裙为主。

元代服饰受到蒙古族文化的影响，呈现出一种粗犷豪放的风格。

明清时期，服饰制度更加严格，龙纹成为皇家专属图案。明代，男子以袍衫为尚，女子的服饰主要有衫、袄、霞帔、褙子、比甲及裙子等。清代，男子的服装主要有袍、褂、袄、衫、裤等，袍褂是最主要的礼服；汉族女子一般穿披风、袄裙，满族女子则一般穿长袍。

民国时，中国服饰发生巨大变革。男子开始穿西服等，女子则流行穿旗袍、长裙等。这一时期的服饰风格既保留了传统元素，又融入了西方时尚元素，呈现出一种中西合璧的特点。

● "百花齐放"的现代服饰

随着纺织技术的逐渐完善，棉、麻、丝绸、呢绒、皮革、化纤、混纺等多种材质应用广泛，人们更倾向于选择透气、柔软、易打理的材质，以及宽松、合体、便于活动的款式。同时现代人也非常注重服装的实用性，比如多口袋设计、防水防污等功能性特点。

另外，现代的中国男女，已经不再满足于单一的穿衣风格，而是喜欢将不同的风格、材质、款式进行混搭，创造出独特的视觉效果。对每个人而言，无论是简约时尚的纯色单品、复古做旧的民国旗袍、街头潮流的破洞牛仔，还是色彩艳丽的民族服饰，都能同时拥有且任意搭配。

● **独树一帜的"中国风"**

立领、盘扣、纹样、配色……中国服饰之美没有具体的代名词，却凭借悠久的历史与鲜明的特点被世界关注，越来越多的外国人对传统汉服产生了浓厚兴趣。他们穿着汉服，了解和体验中国文化。一些外国友人专门来到中国，参加汉服文化体验活动，感受中国传统文化的魅力；一些国际品牌和设计师开始将汉服元素融入其设计中，推出了具有中国特色的时尚产品。

中国素有"礼仪之邦""衣冠王国"的美称，历代服饰的传承，像活化石一样，反映了中华民族的历史传统、审美观念以及社会变迁。

一部服饰史，既是一部华夏民族的物质文明发展史，又是一部中华儿女的共同生活记忆史。

第6篇
食美篇

皮特

- 国籍：意大利裔加拿大人
- 出生年份：1954年
- 现居住地：西安
- 现从事职业：美食博主
- 最喜欢的美食：面条

中国缘,一"面"牵

文/王风强 薛冰洁

2023年初,西安咸阳国际机场,一架由加拿大飞来的飞机缓缓降落。不一会儿,一位年近七旬、体格健硕的外国男子拎着行李箱,大步走出机场。这时候,来接他的中国朋友已恭候多时,双方寒暄之后,男子朗声大笑,当着朋友的面,立下了来中国后的第一个誓言:

"我,皮特,誓要吃遍中国!"

Part 1 皮特,你怎么还没走出西安?

西安,古称长安,有"十三朝古都"的美誉,对于"吃货"来说,它还有一个响亮的名字:"碳水之都"。得天独厚的地理优势,赋予西安厚重的人文历史积淀,也赋予它丰饶的粮食物产。西安面食历史悠久,据不完全统计,目前有

50多种做起来简单吃起来美味的面食，西安人真的将碳水化合物做到了极致。

发誓要"吃遍中国"的皮特，把视频发到了社交平台，邀请网友做个见证。随后，他开始走街串巷，遍寻西安的各种美食。当然，西安不会让他失望，电脑打不出来的biangbiang面、香辣诱人的油泼面、用料厚实的臊子面、味道鲜香的饸饹面……仅仅面条，就已经种类繁多，口感千变万化，粗面筋道弹滑，细面顺滑爽口，令人欲罢不能。

进每一个馆子，吃每一道美食，皮特都会拍成视频。很快，皮特成了名人，每条视频后面，都有网友在线"点餐"，要求皮特去吃自己想吃的东西。所以，皮特每天都很忙，他不是在下馆子，就是在下馆子的路上。

本以为这么吃下去，很快就能将西安美食"消耗"殆尽。可没想到，吃了三个月后，皮特发现，他没吃过的美食好像不是越来越少，反而是越来越多：

"皮特，回坊有家腊牛肉，去尝尝吧！"

"骡马市的水盆牛肉，味道很绝，必须得来！"

"灞桥这边的九幺防空洞面馆，你不会不知道吧？"

皮特再喜欢美食，也毕竟只有一张嘴，面对网友的"催更"，他只能无奈地耸耸肩、把手一摊：

△ 皮特吃裤带面 　　　　　△ 皮特吃羊肉 　　　　　　△ 皮特吃菠菜面

"吃不完，根本吃不完……"

于是，"想吃遍中国的老外走不出西安"成了社交平台上的一个热梗，来自全国各地的网友在评论区持续接龙，问皮特到底能不能走出西安。别说，这"激将法"还真管用，皮特决定转战大西南，到重庆和成都去体验一把。

巴蜀美食主辣，与西安的香辣相比，巴蜀美食的辣劲儿更胜一筹。尤其是川味火锅，以麻、辣、鲜、香著称，它来源于民间，升华于庙堂，无论是贩夫走卒、达官显贵、文人骚客、商贾农工，还是红男绿女、黄发垂髫，皆对其欲罢不能，消费群体涵盖之广泛、人均消费次数之多，都是其他美食望尘莫及的。作为一种美食，火锅已成为四川和重庆两地的代表美食。

自以为特能吃辣的皮特,在这里迅速举手投降:毛肚火锅、辣子鸡火锅、麻辣鱼火锅、肥肠火锅、毛血旺火锅、"海陆空"火锅等各种火锅辣得他大汗淋漓、涕泪横流,晚上肚子里"翻江倒海",第二天嘴上起泡。不甘心的他又陆续吃了重庆小面、夫妻肺片、钵钵鸡等美食,结果仍旧是"一败涂地"。

"挑战失败,还是回去吧!"

回到西安后,皮特"清醒"了许多,他把自己的目标进行了下调:从"吃遍中国"改成了"吃遍西安"。现在,他只需要用四句汉语,就能与所有西安餐馆老板和地摊老板无障碍交流:

"哇,这是什么美食?"

"好不好吃?"

"请给我来一份!"

"嗯,好吃……"

龙年正月初八,皮特通过短视频总结了自己一年来吃过的西安美食:裤带面、旋转臊子面、蘸水面、饸饹面、菠菜面、担担面、驴蹄子面、旗花面、腊汁肉夹馍、羊肉泡馍等,细细数来,一共82种。

多乎哉?

网友留言:不多也!

因为在评论区里，立马又出现了一串长长的皮特没吃过的美食名单……

看来再来个一年半载，皮特"吃遍西安"的"小目标"恐怕也难以实现了！

Part 2 面条：一端连西安，一端连罗马

皮特跟大家分享的，主要是面食，更确切地说，是面条。要知道，皮特出生在意大利，8岁才去了加拿大。意大利人可是非常爱吃面条的，每年人均意面消费量高达23千克。

意大利人对面条的做法也有很多种，不同的地区有不同的特色，比如罗马的奶酪胡椒面、那不勒斯的海鲜面、西西里的茄子面等等。意大利人认为，吃面条是一种享受生活的方式，你不会担心胖，只会担心面条不够吃。

对皮特来说，儿时的记忆已然刻印在骨子里，甚至用尽一生也无法抹除。在加拿大生活了60年，退休后来到中国，吃上第一口面，他就觉得晚年和童年实现"无缝衔接"。

没错，面条不但唤醒了他"吃货"的本能，还挖掘了他的潜能！

关于意大利面的起源，有人说是源自古罗马，也有人说是由马可·波罗从中国经由西西里岛传至整个欧洲，但皮特却非常笃定后者的说法。因为在小时候，意大利的老师就告诉他，东方有一座和罗马一样伟大的城市，它们之间有一条路，这条路叫作丝绸之路，很多年前，一个叫马可·波罗的意大利人就是沿着丝绸之路旅行。现在的他正追随祖先的脚步，探索这其中的历史印记和伟大意义。

2020年初，一部由中国、意大利两国导演联手打造，采用专家学者体验式拍摄方式，穿越古今丝路实地探寻，跨越时空展现东西文明交融的百集4K微纪录片《从长安到罗马》在央视播出。该片聚焦于东西方文明的摇篮——古都长安和古城罗马，在历史和现实的穿越中，讲述了东西方文明兼容并蓄、交流互鉴的故事。

美食与文化密不可分。这部纪录片给了皮特很强的启示，在探寻美食的过程中，他也体验到了中华文化的博大精深。

他穿上明代官员的服装，走遍西安明城墙十八座城门；他手持文创冰激凌，参观西影电影博物馆；他走进陕西茶馆，学习中国茶文化……短视频里，他沉浸在西安的精彩生活中不亦乐乎，大臂一挥，喊道："Let's go go go！"这是他在镜头里的招牌动作。

"西安的文化非常丰富，让我着迷！"

皮特说，自己到秦始皇兵马俑博物馆参观，被"世界第八大奇迹"兵马俑的壮观场面所震撼，他感叹秦文化的厚重博大；在游览大唐不夜城时，又被锦绣繁荣的大唐盛景所迷恋，让他对唐文化产生了浓厚的兴趣。

对皮特来说，面条不仅是一种食物，还是一种文化和传统的载体，他甚至能像数家珍一般，说出几道西安美食的历史和传说。

白居易在忠州（今重庆忠县）做官时，见到当地出产的胡麻饼，立马想起了长安辅兴坊的胡饼店，并赋诗曰："胡麻饼样学京都，面脆油香新出炉。"

大美食家苏轼曾写诗推荐西北的两种美食，羊肉泡馍（古称"羊羹"）就是其中之一。

皮特最喜欢的面条，连接着他情感的两端：一端，是现在生活的西安；另一端，是儿时的故乡罗马。

Part 3 妈妈的味道

碳水，最朴素的快乐源泉。在"碳水之都"西安，皮特获得了极致的快乐体验，大快朵颐享受美食的同时，他的体重逐渐升高，一年多时间，他的小肚子明显变大了。

皮特觉得，不能再这么无节制地吃下去了，他必须得做出调整。

首先，量得减少。以前总是敞开了吃，现在要尽量收着点，"吃饭就吃七分饱，饿着总比撑着好"。

其次，饮食得均衡。面食好吃，但也要注意营养搭配。在家做饭时，他会把菠菜榨成汁，然后自己和面做成菠菜面条。菠菜面条好吃、好看还能平衡膳食，嗯，完美！

再次，要享受美食。吃饭要细嚼慢咽，不能狼吞虎咽，慢慢感受美食入口到入胃的全过程，这样不但精神上愉悦，还能减少肠胃负担。

最后，吃东西尽量要吃原生态的，少吃加工过的。说到这里，皮特特别怀念他小的时候喝新鲜羊奶的情景。那时，附近农场的工人会牵着母羊，走街串巷吆喝着卖羊奶，听到叫卖声，母亲就会端着一只大碗出来，农场工人会现场挤奶，母亲回家将奶煮开放凉后，兄弟几人一饮而尽。至今他都觉得，小时候的那碗羊奶，是世界上最美味、最有营养的美食。

以上内容，是皮特大半生的经验总结。他甚至认为，长寿的最大秘诀，就藏在小时候母亲喂养过的天然食物里面，那里面，包含着爱和传承。尽管受时代限制，那些食物可能不完美，但一定是最怀念、最难忘、最刻骨铭心、珍藏于每个人内心深处的。

皮特非常羡慕中国的美食文化。他说，中国美食之所以博大精深、源远流长，根源在于数千年来，华夏文明虽历经劫难，但依然绵延不绝、一脉相承，四大文明古国中，只有中国文化没有出现断层。因此，从制作技艺上来看，中国美食传承有序，并在不同的历史时期有着不同的特色，这是中国人民数千年辛勤劳动的成果，也是人类饮食文化的优秀遗产。

皮特呼吁中国当代年轻人，要尽量学会做饭。因为家庭传统美食常常代表着地域文化和家族历史，不仅传递着家族的温暖和亲情，更是中国美食文化的延续和传承。

现在，每个周末下午，皮特都会准时出现在厨房里，他系上围裙，从面缸里舀出一碗面粉，和面、擀面、下面、盛面、拌面、吃面……依稀中，脑海中浮现出了小时候的画面：妈妈正在热气腾腾的灶台上忙活，她把一碗碗面端到餐桌上，然后幸福地看着他们兄弟狼吞虎咽地吃完……

所以，现在每吃完一碗自己亲手做的面，皮特总会默默地说一句：

"这个味道，就是妈妈的味道！"

马丁

- 国籍：德国
- 出生年份：1992年
- 现居住地：重庆
- 现从事职业：德式餐厅老板、短视频博主
- 爱好：吃美食
- 未来计划：吃遍中国

山城"吃货"创业记

文/薛冰洁 王风强

Part 1 包子征服德国胃

在周末的重庆商场里,你或许会看到这样一位小伙:金色卷发、络腮胡茬,再配上1.94米的大高个儿,显得格外生猛!他站在一家德国餐厅门前,手握一沓五颜六色的宣传单,大声对每位往来的客人吆喝,声音温和又好听:

"来尝尝我屋头正宗的德国香肠,巴适得很。"

每每这时,一些盛情难却的食客会停下脚步,一边往餐厅里走,一边感慨他像个地道的"重庆娃儿"。作为在重庆餐饮业闯荡8年的从业者,马丁靠家乡美食惊艳着食客的味蕾。德国烤猪肘、烤排骨还有各种风味的特色香肠,让重庆的美食地图中多了一抹亮点。像这样的连锁餐厅,马丁已经开设了10家,小老板摇身一变,成了名副其实的大老板。

想要征服"吃货",前提是要成为"吃货"。在"吃"这件事上,马丁从小就有发言权。

11岁时的马丁还是个游戏迷,热衷一个以三国时期为背景的游戏,游戏里不仅有刘备、关羽等人物角色,还有一个个胖乎乎的道具——包子,人物可以通过"吃包子"获得体力,继续战斗。那是马丁第一次对中国美食产生了兴趣,他想:包子到底什么味道呢?好想去中国吃个包子啊!

很幸运,19岁那年,原本在英国读大学的马丁,因为一次特殊的机会来中国上海参与实习,在这里他第一次吃到了小笼包,马丁学着当地人的样子,"轻轻提,慢慢移,先开窗,后吸汤",一口下去,鲜香的汤汁直击味蕾,接着薄而劲道的面皮混合着香嫩的肉馅,一同被送入口中,带给马丁极大的满足,他不由得感叹:中国的食物太好吃了!

在上海的这段日子,马丁彻底被包子征服:汤汁鲜美的汤包,松软咸香的蒸包、带鲜虾的生煎……每一样都让马丁欲罢不能。马丁想,如果天天都能吃到包子就好了。

或许与中国有特别的缘分,2012年,马丁作为留学生再次来到中国,在中国人民大学读书。读书之余,马丁自然少不了寻找美食。食堂里肥而不腻的红烧肉,校门口薄而香脆的锅盔,还有老北京酱香浓郁的涮肉,这些各具特色的"中国味"，彻底俘获了马丁的"德国胃"。短短三个月，马丁的体重增长了20千克，曾经个高清瘦的少年，转眼变得强壮威猛了许多，但这并没有阻挡马丁对美食的热爱，吃更多没吃过的中国美食，成了马丁的新目标。

在大学的最后一年，回到英国继续读书的马丁，遇见了自己的真爱。一次公开课上，马丁注意到了一位黑色长发的女孩，她样貌文静，长相出众，让马丁一见钟情。朋友告诉他，这是学校的"校花"，马丁鼓起勇气上前搭讪，女孩告诉他，自己来自中国。这让马丁更加兴奋了。"中国不正是我向往的国度吗？"马丁暗下决心，一定要把"校花"追到手，携手去中国共度余生。

Part 2 无辣不欢山城情

马丁如愿了，"校花"成了女朋友，毕业那年，他们一同回到了女孩的家乡——重庆。

本以为跟自己去过的上海、北京差不多，重庆只是中国的一个普通城市，可生活了一周马丁就发现，自己被"骗"了！首先重庆是座"山城"，整座城市都建在高低起伏的山坡上，上坡连着下坡，曾经自己最爱的骑行，在这里完全无法实现；

其次重庆还是有名的"雾都"，年平均相对湿度超过80%，空气中的水蒸气难以扩散，傍晚时分，整个城市充满了朦胧感。

最令马丁没想到的是，重庆人"无辣不欢"，几乎所有的食物都覆盖着辣椒的红色，所有的汤底都飘起一层艳丽的红油。正当所有人都以为马丁难以接受，将要逃回德国时，没想到马丁却惊呼：重庆的一切太棒了！

出乎意料，马丁在重庆的适应力极高，因为自己从小喜欢吃辣，火锅、串串香、酸辣粉……这些很多人吃不惯的"重口味"食物，对马丁来说却是珍宝，而且辣椒有发汗的作用，能够驱除湿气，使得马丁很快适应了当地潮湿的气候。最令马丁惊喜的是，与自己的家乡不同，重庆人的性格和他们的食物一样，满满的热情与豪放：

"你老家哪里？""好多岁了，耍朋友没得？"

餐桌旁陌生人突如其来的搭讪，让性格同样开朗的马丁倍感温暖，在重庆，人和人之间的距离很近，饭席之间，陌生人也能成为推心置腹的朋友。久而久之，马丁开始有了不少重庆朋友，本身就具备中文基础的他，偶尔也会甩出几句"要得""是嘞"这样的重庆话。

享受过幸福的重庆生活，马丁开始思考：如果长期在这里定居，我该做一份什么工作呢？思考再三，他决定从自己的爱好出发,在"吃"上做起了文章。马丁发现,重庆人爱吃且会吃,不仅脑花、汤圆、板凳面这样的小吃受人追捧,川菜、粤菜、韩料、西餐也应有尽有,人们口味多元,似乎可以接纳各种新鲜滋味。于是马丁决定,将家乡美食带到重庆来!

在朋友的合作下,马丁与同伴开设了第一家德国餐厅,取名香肠兄弟德式餐吧。

Part 3 味道融合很巴适

马丁说,德国的香肠像极了重庆的火锅。在重庆这个火锅天堂,遍地都是火锅店,但每一家都有自己的特色,有的主打鸳鸯锅,有的主打九宫格,有的毛肚特别脆,还有的牛肉特别香。而在德国,香肠有1500多种,有的以城市命名,例如布伦瑞克香肠;有的以形状命名,例如盘肠;还有的以口味命名,例如蒜肠等。每一种都有自己特殊的风味。马丁认为,在一所开放的城市,能吃到几种自己最爱的食物会让人感到幸福。

马丁创业的8年时间里,一直在德国风格中融合重庆特色。走进任何一家连锁店,地道德国特色的装潢下,每个餐桌上都放有一盒辣椒面儿;打开菜单,辣味香肠以及意面和炒饭等主食,更满足了食客的"中国胃"。为了更"重庆",

马丁还打破了德国单人就餐的形式，在餐吧中增添了圆桌，中国人喜团圆、爱分享的特点，是马丁眼中珍贵的"中国特色"。

这些年做老板的日子里，马丁交到了许多朋友，也练成了一口流利的重庆话。当事业一点点稳定起来，马丁又瞄准了隔壁城市——成都，这座饮食习惯与重庆相仿的城市，或许也能接纳德国风味吧。抱着试试看的态度，马丁和同伴在成都也开设了一家德国餐吧。

不出所料，餐厅在成都运营得十分成功。如今，马丁已经开设了10家德国餐吧，其中7家在重庆，3家在成都。每个周末，他都会坐着高铁列车去成都，了解餐厅的运营情况，及时制订新的整改计划，当天就能实现两地之间的往返，十分便捷。

如今的马丁，除了开餐厅，还顺应中国时代的发展，做起了新媒体，搞起了网络直播。手机屏幕里的一张正宗德国脸，张嘴却是地道的重庆话，再加上一点点幽默细胞，让中国网友迅速喜欢上。马丁说，现在店里的营业额80%到90%都是通过网络直播带来的，这个在德国是不可能的。

有一次马丁回德国探亲，他坐在一个旅游景点，用中文和网友直播聊天。很多德国老乡不懂这是在做什么，马丁说这是直播，有点像电视购物，但区别是直播可以互动。老乡们觉得很神奇，网络系统可以这么发达吗？还可以直接下单，

△ 马丁与大学同学合照　　　　　△ 马丁介绍自己的餐厅

东西很快就送到家，这么快吗？为此，德国电视台还以马丁为人物案例，拍摄了一部关于重庆的纪录片，介绍新时代重庆的发展与变化。能作为出生地和留居地互相沟通的桥梁，马丁觉得一切都很有意义。

现在，马丁已经在中国生活10年，算是半个重庆人了，每周3次的重庆小面，必不可少的重庆火锅，深夜必吃的街边烧烤，构成了马丁一天天的美味生活。而曾经苦苦追求的"校花"，已经成了深爱多年的妻子，加上聪明帅气的儿子，让马丁在重庆有了家。

旁人常说："马丁，你是个地道的重庆'耙耳朵'。"

而马丁却是一脸的幸福："'耙耳朵'不是怕老婆，是爱老婆！"

专栏 6

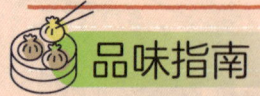

品味指南
一场色香味俱全的探索之旅

文/薛曾蕙

中国菜注重色、香、味、意、形,既满足了人们的口腹之欲,更是一种历史和文化的传承。民以食为天,这句妇孺皆知的话,足见美食在中国人心中的地位。

孔子云:食不厌精,脍不厌细。2022年,在山东淄博境内的临淄赵家徐姚遗址,发现了距今约13000年的烧烤食物的遗迹,这被评为2022年全国十大考古新发现之一。也就是说,早在一万多年前,山东临淄人就已经在吃烧烤了。烤炉、小饼加蘸料,这样的"灵魂烧烤三件套",至今仍被食客们追捧。他们不远万里,跨越山海,奔赴"烤场",这是中华美食的独特魅力。

中国人对美食的讲究不止于此。在不同的节气时令,烹制不同的食物。比如,立春要吃春饼,用遍地刚发芽的蔬菜卷薄薄的饼,有助于缓解春季的肝火旺盛;立冬进补,用温热的食物驱散寒气,达到保健的目的。这些传统的习俗,正是民间智慧的体现。

● **地域差异**

中国地域辽阔,各个地区的饮食特点各具特色。北方天气寒冷,小麦种植广泛,面条、馒头、饺子等成了北方人的主食。东部沿海地区海鲜资源丰富,新鲜的海螺、海蛎,肥美的海鱼为当地人提供了无尽美味。西部广袤的草原养育了漫山的牛羊,便有了唐代诗人岑参所写的"浑炙犁牛烹野驼,交河美酒归叵罗"。南方盛产稻米、蔬菜和水果，清淡、爽口便成为南方菜系一大特点。从宫廷美食到民间小吃，从杭州小笼包到天津煎饼馃子，从湖南辣椒豆腐到四川麻辣火锅，中国饮食文化跨越地域和文化背景，呈现出一幅丰富多彩的文化图景。

● **八大菜系**

随着地域文化的发展和人口的迁徙，中国各地烹饪技术不断发展，最终形成了川菜、鲁菜、淮扬菜、粤菜、浙菜、闽菜、湘菜和徽菜这八大菜系。八大菜系在今天的中国饮食文化中依然占据着举足轻重的地位。下文将选取其中的四种菜系作详细介绍。

❶ **鲁菜**：北方菜系的代表，以鲜香浓郁著称，起源于春秋战国时期的齐、鲁两国。在烹饪过程中讲究火候，通过慢炖、酱烧、蒸煮等方式，使食材充分吸收调料的味道，呈现出独特的口感。代表菜品糖醋鲤鱼，是清代皇帝钟爱的佳肴。另外，爆炒腰花、九转大肠、葱烧海参等也深受食客好评。

❷ **川菜**：源自西南地区四川盆地，以其麻辣刺激的口感和丰富的色彩征服了无数食客。如今，川菜在中国大地，甚至世界其他国家处处开花。代表菜品有麻婆豆腐、宫保鸡丁、水煮鱼、辣子鸡丁、四川火锅等。

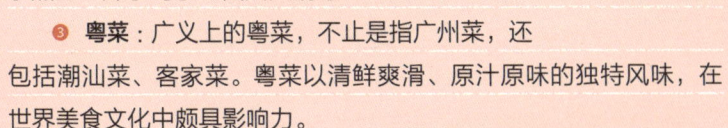

❸ **粤菜**：广义上的粤菜，不止是指广州菜，还包括潮汕菜、客家菜。粤菜以清鲜爽滑、原汁原味的独特风味，在世界美食文化中颇具影响力。

在广东地区有一句谚语：无鸡不成宴。白切鸡选用清远鸡作为原材料，烹饪过程中不添加任何调料，保持了鸡肉的原汁原味，展现了粤菜的精髓。此外清蒸鱼、烧鹅、烤乳猪、菠萝炒饭等，有的清淡爽口，有的鲜香四溢，充分展现了粤菜的无穷魅力。

④ **湘菜**：湘菜融酸、甜、苦、辣、咸五味于一体。长沙马王堆汉墓中发掘出的迄今最早的竹简菜单，竟记录了当时100多种菜品。剁椒鱼头是其经典名菜，将鲜美的鱼头和香辣的剁椒完美结合，呈现出红亮诱人的色泽和鲜香浓郁的口感。另外，辣椒炒肉、酸辣粉、臭豆腐等，这些香辣可口、酸辣开胃的湘菜，令人回味无穷。

● **烹饪方法**

《齐民要术》中有关于烹饪技法的详细记载。煎、炒、烹、炸，千变万化，承载着无数代厨师的智慧和匠心。

"烹"，最早见于甲骨文，象征着烹饪的火源与食材的结合。从单一的煮食到复杂的炖、焖、煨，每一种都体现了中国人对食物的敬重与热爱。

调料，更是中国美食的点睛之笔。从基础的盐、酱油、醋，到五香粉、鱼露、蚝油，或提鲜，或增香，或去腥。"五味调和"使食物的味道更丰富、有层次，造就了中国美食的辉煌和多样性。

● **用餐礼仪**

① **圆桌共餐：和谐和团圆的象征**

中国人的餐桌是情感交流的地方，亲朋好友围坐在一起，共享美食，象征幸福美满、团团圆圆。

② **节约粮食：传统美德与现代实践**

"谁知盘中餐，粒粒皆辛苦"，这句古诗道出了中国人对粮食的珍视和对节约这种美德的崇尚。如今，"光盘行动"被大力推广，适量点餐、剩菜打包已成为人们在外就餐的好习惯。不浪费一粒粮食，是孩子们自小就要建立起来的节约意识。

第 7 篇

消费篇

◎ 国籍：孟加拉国
◎ 出生年份：1997年
◎ 现居住地：成都
◎ 现从事职业：四川大学研究生
◎ 爱好：体验中国的风土人情
◎ 未来计划：成为职业翻译或者记者

城市推荐官

文 / 薛冰洁 王风强

Part 1 "城市推荐官"的自我介绍

大家好,我叫孟洁。因为我来自孟加拉国,所以我的中国导师为我取了"孟"姓,至于为什么叫"洁",原因我也不清楚。但我很喜欢"洁"这个字,在中文里,"洁"有"清洁、干净"的意思,这正是我对中国的第一印象。

6年前的我,还在孟加拉国读高中,那时我对中国的全部印象都来自我的姐姐,当时她在中国山东读大学,她告诉我:中国是一个干净漂亮的国家,不仅路面畅通,马路上也没有垃圾,在一些安静的小路上,还会有人坐在树荫下吃饭。

这番形容,让我对中国的印象非常好,脑海中不断幻想着中国的样子。在同父母商议后,我决定追随姐姐的步伐,去中国的大学读书。

很快,我被中国的贵州民族大学录取。跟我想象的一样,贵州省虽然处在山区,但很多城市建设得特别漂亮,那里被青山绿水环绕,空气非常新鲜,在那里读书的每一天,都是极大的身心享受。可惜的是,刚到中国,我的中文水平还不是很好,我适应了很长时间。好在我具备很强的"语言天赋",经过了4年的学习,毕业时的我已经完全可以用中文交流,还认识了一群可爱的中国朋友,他们让我在中国有了家的温暖。

为了在中国生活更长时间,本科毕业后,我又考取了四川大学的研究生。来到四川后,我仿佛打开了新世界的大门。成都是一座极具特色的城市,在这里读研的两年,我体验了成都的美食、文化,还有街头巷尾的风土人情。第31届世界大学生夏季运动会开幕式上,我很荣幸地作为留学生代表,成为5个火炬手之一。同学们常开玩笑说,我很像一位地道的"老成都"。

现在,不少贵州的同学来成都游玩,都会请我做他们的"导游",我不仅了解这里的景区与文化,更能在吃、喝、玩、乐等方面提出消费建议,让他们"把钱花在刀刃上"。我认为花钱不止为了一时快乐,更要有长远收获,当花钱能感受到一座城市的底蕴,这才是消费的意义。

如果你也想来成都,解锁更多有趣的消费方向,就与我一起开启这份特别的"旅游攻略"吧!

△ 孟洁与朋友毕业合影　　　　　　　△ 第31届世界大学生夏季运动会志愿者合影

Part 2 旅游攻略一：吃得热辣 喝得安逸

在我的家乡孟加拉国首都达卡，有很多河流，咖喱鱼是我们当地的美食。本以为对于我这样的"微辣一族"来说，在成都这座"麻辣天国"会水土不服，没想到简单适应后，我就深爱上了这种热情的味道。

来成都，在"吃"上绝对不用吝啬。人均80元的麻辣火锅里，你能吃到用辣椒腌过的牛肉、脆香爽口的毛肚、口感绝佳的鸭肠与黄喉……还有几十种小菜任你选择。新鲜的食材在翻滚的红油里烫熟，入口前裹上一层香油蘸料，又麻又辣，又香又烫，轻松征服你的胃。还有闻名全国的成都串串、跷脚牛肉、麻辣鸡脚，都是值得一试的美食。

如果你计划穷游成都，种类丰富的小吃一样能让你大饱口福：二十多元的钵钵鸡，让你可以吃到不同种类的肉和菜；三十元的龙抄手，馅大皮薄，汤汁浓郁；还有十几元的担担面、几元一份的狼牙土豆和臭豆腐、二十元的红油冒菜……不出百元你就能尝到好几样美食，每一样都是极具特色的成都风味。

假如你像我一样，有几分做饭的天赋，去菜市场采购后，自己下厨也是不错的选择。作为菜市场的常客，用中文和卖菜阿姨砍价，算是我一项小小的特长，砍价时有一些技巧：比如十元零五毛的菜，你让阿姨抹零成十元，阿姨们会笑着同意；还有下午去菜市场买菜，阿姨们总会把剩的菜全部给你，不用称重量，直接要一个超低价，俗称"包圆儿"。或许你觉得这些技巧节省不了太多钱，但在中国，买菜砍价的过程充满乐趣，这也是我融入中国风土人情很好的方式。

食材已就位，给我40分钟，几道色香味俱全的"孟式川菜"就出锅了，麻婆豆腐、糖醋排骨、回锅肉，花费不到百元，就能吃上营养丰富的成都下饭菜。

饱餐过后，我建议你挑一个阳光不错的下午，去人民公园走一走，这里有成都人每周都少不了的消费项目——盖碗茶。只需消费20元，就可以坐在茶摊上"浪费"整整一个下午。眼前是绿树湖景，身边是三五好友，聊一聊最近的身边事，看着飞过的鸟儿发一会儿呆,这是专属于成都人的安逸。

上有盖、中有碗、下有托,特殊的器具带给成都盖碗茶满满的仪式感。喝茶时用左手托住茶托,右手捏起茶盖,将茶盖呈倾斜状,送至嘴边,把茶汤吸进口中,满口清香。别看我现在喝盖碗茶喝得娴熟,这可都是跟我的中国朋友学到的新本领。盖碗茶茶碗不大,但能很好地锁温。当茶水喝尽,工作人员会过来添水。别小看这些手拿长嘴壶的工作人员,他们个个"身怀绝技",他们扭转身体、高举茶壶,用高难度的姿势开始加水,热水纹丝不动地被注入茶杯中,一滴水也不会洒出来。这样特殊的功夫,我第一次看到时也感到十分震撼。

一顿火锅一盏茶,再用手机扫一辆街边的共享单车,无所事事地在成都街道转一转,偶尔停下和成都老乡聊几句天,或许就是成都性价比极高的打开方式。

Part 3 旅游攻略二:玩得自在 乐在其中

"成都人为什么这么闲?他们不用上班吗?"

这是刚来成都时我经常思考的问题。不管在工作日还是在周末,总有各个年龄段的人群在宽窄巷子、锦里等地漫步。甚至在市中心的街边树下,每个街口都有下象棋、打麻将的人，我也经常学着当地人的样子站在一旁观局，但不管看过几次，那些复杂的牌型，对我来说还是很有难度。

除了当地人街头巷尾的免费娱乐，作为成都游客，欣赏川剧变脸也是不容错过的消费之一。买上一张60元的门票，坐上木板凳，等待一场精彩绝伦好戏开场。演员们穿着戏服，头戴配饰，面部覆盖着一层一层的脸谱，音乐响起，演员根据节奏快速举起袖子，遮住面部，原本红色的脸谱变成绿色，又变成蓝色，还可能一张脸上呈现多种颜色，让观众意想不到的同时，拍手叫绝！

虽然已经看过无数次变脸表演，但每次观看我总有惊讶的感觉，不管离演员多近，我总是找不出变脸的破绽，快速的变换让我觉得神奇又敬佩。我也时常模仿演员的样子，不断抬手，变换表情，试图学习这项奇妙的本领。

欣赏完川剧变脸，还有一站也是成都不得不去的"打卡地"——大熊猫繁育研究基地。成都大熊猫繁育研究基地有全球最大的大熊猫人工繁育迁地保护种群，数量有200余只，还拥有小熊猫（红熊猫）160余只。相信每个来过这里的人，提到熊猫，都不会评价"还可以""一般"，而是异口同声评价说"太可爱了"。

作为一名熊猫的粉丝，在大熊猫繁育研究基地我还见到了中国的"网红熊猫"花花,它实在太可爱了,憨态可掬的样子让我忍不住拍照,我录制了很多视频与照片,分享给我的爸爸妈妈,他们都被中国的"国宝"吸引。所以我很自信地说,无论你来自哪个国家,一定都会同我一样,爱上中国的熊猫。

作为一名学生,我没有太多金钱,刚好生活在成都,这些有意义的体验往往不需要花费太多。理性且有价值的消费,往往能带给我更大的满足。我常与成都老乡讨教一些风俗习惯,也常与中国的学长学姐学习一些省钱技巧,每个月把自己的钱做好规划,体验更多有收获的事,让我逐渐成为一名"成都推荐官"。

不久前,我回到自己的家乡,时隔多年再次品尝到家乡美食时,竟然有些口味上的不适应,妈妈说我已经拥有了"中国胃"。或许正是习惯了中国的点点滴滴,也或许是中国见证了我一路的成长,我已经计划未来在中国定居。

我想凭借自己不错的中文基础,成为孟加拉国与中国的翻译人员,也渴望成为一名中国的外交记者,让两国的文化实现更好交流。由于我性格比较开朗,我还想在中国做一名演员,或者歌手,在电视屏幕上更多看到自己的身影。这些梦想虽然还在路上,但我相信,只要在中国,这一切都有可能实现。

迈克尔·乔利

国籍：英国
出生年份：1990年
现居住地：南京

现从事职业：中学国际部外方校长
爱好：魔方、数独、吃美食
未来计划：在中国工作、定居中国

极简，是一种生活方式

文/薛冰洁 王凤强

Part 1 迈克尔的极简生活

在南京市金陵中学河西分校的校园里，有这样一位经常被"围观"的老师，他身高一米九，穿着笔直的西装裤和一件深色衬衣，有着简单干净的发型，手握一杯咖啡，没有多余的修饰，却在人群中足够亮眼。

"嗨，迈克尔……"

当有人呼喊他的名字时，他一定会腼腆地笑笑，邀请你去他的办公室坐上一会儿。

一台电脑，一个茶杯，两个不同大小的魔方，这就是迈克尔办公桌上的全部用品。对一般人来说，东西确实有点少，但这对迈克尔来说已经足够了。工作用电脑对接，渴了泡一杯茶，等到休息间隙，再玩玩自己最爱的魔方。作为一项益智类玩具，魔方已被迈克尔玩出了新花样，无论被打乱成任何样子，他都能在3分钟内恢复原貌，而且还练就了单手甚至左手恢复魔方的新技能。

这样的极简状态，就是迈克尔的日常。

同样极简的，还有迈克尔"单调"的个人爱好，爱好之一：散步。散步可是一项零成本兴趣，只需穿上一双舒适的运动鞋，迈克尔就开启了属于自己的城市漫步。学校附近的鱼嘴湿地公园是他常去的地方，无需同伴，一个人安静地行走在美景之中，就是治愈自己的最佳方式。

同样离不开的，还有他的Switch游戏机。节假日，一台游戏机就能占据迈克尔一整个下午，可不是所有的"玩物"都会"丧志"，身为牛津大学化学专业的博士毕业生，迈克尔享受打游戏时专注、沉浸的状态，每当解锁新的关卡，完成更有难度的任务，他都能获得很大的满足。

尽管迈克尔在中国工作生活了6年之久，自己简单的生活方式从没变过，住在教师宿舍，常吃学校食堂，出门扫一辆共享单车，偶尔买几件必需衣物，这样的生活让他觉得舒服。

说到这里，你或许会想，如此"极简"，生活成本也太低了吧！别误会，他可不是一个像葛朗台一样的"小气鬼"。作为一名"理工男"，迈克尔有极强的理财思路，让"钱生

△ 迈克尔在工作　　　　　　　　　△ 迈克尔与朋友合影

钱",研究股票成为他的新方向,通过股票分析各行业市场,再根据市场做出合理的投资判断,每一笔盈利都让迈克尔感到欣喜,像这样积累越来越多的财富,在学校附近全款买套房,是他的梦想。

Part 2 盘点在中国无法说"不"的支出

在中国,存在着丰富多样的消费方式,做一名理性的极简消费者并非易事,没例外,迈克尔的钱包偶尔也有兜不住的时候。

初来中国时,迈克尔就发现,中国人很爱喝茶。学校会议时,很多人自带大茶杯豪饮;会见朋友时,主人常用小茶杯分茶待客；出门旅游时，还能看到花样百出的茶艺表演。除了饮茶方式的区别，茶的品种也多种多样，凭着爱研究的性格，迈克尔分别尝试了红茶、绿茶、白茶、黑茶等各种茶，不仅拥有了品茶鉴茶的能力，还学到了不少中国茶文化知识，他还准备斥"巨资"买一套工夫茶茶具，深入学习中国茶艺。

因为对茶的喜爱，迈克尔不可避免地买过很多好茶，这其中他最爱的，当数南京雨花茶。雨花茶是南京特产，属于绿茶的一种，碧绿的茶色、清雅的香气、甘醇的滋味，让迈克尔欲罢不能。每早工作前喝一杯上好的雨花茶，常让迈克尔感到身体放松，精力充沛。

对迈克尔来说，极简是常态，但也有例外，一旦某样东西得到他的认可，他就变得十分大方，对此，学校旁边的中医推拿店老板深有体会：

"采耳足疗要不要试试？很舒服的！"

"本店新推出的理疗套盒要不要来一份？只要1998元，划算得很。"

面对老板抛出的消费诱饵，迈克尔总会不假思索地说"好的"。对于中医的推拿、刮痧、拔罐、足疗、采耳甚至洗眼，迈克尔统统体验过。师傅用专业的手揉按他的穴位，酸麻胀痛感十分明显，随后就是前所未有的轻松，他每次做完都感觉新奇且痛快。由于迈克尔在英国时常常低头学习，肩颈落下了容易酸胀的毛病，再加上平日里有健身运动的习惯，腰椎也时常劳损，每当身体疲倦，中医推拿便成了他解压的最好方式，他花起钱来自然觉得物有所值。

除了中国人的手艺，同样让迈克尔舍得花钱的还有中国的科技。在英国，迈克尔就见识过不少中国制造，在南京生活后，智能家电更是方便了他的生活。中国品牌里，他最爱的是小米，或许是小米产品白色干净的外观设计，符合迈克尔内心对极简生活的外在要求，也或许是小米产品具有极高的性价比，便宜耐用，让迈克尔感到实惠。在他不大的宿舍里，随处可以找到小米智能家电的品类。

"小爱同学……"

除湿器、空气净化器、空调……迈克尔只需发出指令，这些家电就开始按部就班工作，这让他的宅家生活变得更加安逸。还记得初来南京时的那个夏天，梅雨季节里潮湿闷热的天气，让迈克尔十分不适，除湿器的到来完美解决了他的苦恼，往后生活的幸福感也随之提高。

除了智能家电，一些称心应手的家有小电器也方便了迈克尔的生活，其中最让他感到神奇的当数空气炸锅。半成品的薯条、鸡翅，放入空气炸锅，不用一滴油，食物本身的油脂在密封的高温中被激发，只需要10—20分钟的时间，香喷喷的炸食就出锅了，外表酥脆，内软多汁，让不精厨艺的迈克尔也能拥有大厨的成就感。

迈克尔常想，如果将茶叶、推拿以及各种好用的中国电器都带回英国与家人分享，自己的家人们一定会同自己一样，爱上中国的古老文化与现代科技。

Part 3 大道至简 简约不简单

作为一名低需求的消费者，迈克尔在极简生活方面比多数同龄人理性，在他自己看来，这或许与自己的成长环境与成长经历分不开。

在童年时期，迈克尔的父母就同中国多数家庭一样，拥有勤俭节约的习惯，并且培养迈克尔成为一个节俭独立的人。不乱花钱、支配好每一笔钱，是迈克尔从小树立的消费理念。

迈克尔在大学期间，由于已经成年，学习之余会去超市做兼职小时工，并用工资向父母支付自己的房租。硕士研究生和博士研究生阶段，通过拿奖学金以及一些比赛奖励，迈克尔拥有了一定的收入，有能力帮父母提供更多家庭帮助。

适应中国的生活后，迈克尔发现，勤俭和感恩是中英两国共同的家庭理念。在长年累月与中国孩子接触的过程中，他发现不少孩子都会很有计划地使用自己的零花钱，而在与同事的聚会中，他也发现经常有同事主动将剩余的饭菜打包，避免浪费。或许正是两国类似的文化环境，让迈克尔习惯并融入了中式生活。

尽管迈克尔的性格有几分"慢热"，但在6年的工作生活中，他在南京这座城市，也慢慢积累着自己的归属感。曾经负责教学工作的他，2019年获得"中国最受喜爱的外教"称号。同样让迈克尔最感动的，是自己收到过的学生妈妈的那封感谢信：

"亲爱的迈克尔，我们虽然没有见过面，但是从我儿子的描述中，我已对您这位健壮、热情、幽默、博学、勤奋的完美先生非常熟悉了。非常感谢您这三年给予我儿子的友谊和帮助，在您的鼓励下，他不仅在数学的学习能力上有了很大的提升，而且在英语沟通、运动上也有了很大的进步。我很高兴伊桑（Ethan）有您这样优秀的良师益友……"

学生和家长的认可，让迈克尔感受到了自己的价值。现在他的工作，是为自己的母校牛津大学推介更多中国学生，如何让自己的学子成才，是迈克尔一直的追求。

专栏 7

消费指南
该省省 该花花

文/王风强 吕娟

中国有句老话：一文钱难倒英雄汉。所以，外国人来到中国，学会花钱是第一要务。

唐朝贞观年间，长安聚集了各国留学人员，留学人员分为两种：一种是留学生，一种是留学僧，如日本的橘逸势、空海和尚、最澄和尚，新罗的崔致远、李同，大食人李彦升等。《旧唐书·儒学传上》记载："高丽及百济、新罗、高昌、吐蕃等诸国酋长，亦遣子弟请入于国学之内。鼓箧而升讲筵者，八千余人，济济洋洋焉。"留学人员的吃、住、穿等基本生活费用由唐朝朝廷提供，从而免去了他们的生活之忧。

留学生学习的地方叫国子监。留学人员也有一些自费项目，比如单独给老师的学费和书本费，这笔钱不能由国家负担，但这笔费用很少，只是象征性的而已。还有就是日常交际费用，比如吃个饭、喝个酒、旅个游等产生的费用，这些国家是不管的。史书记载，新罗人李同到中国来留学，带来了纹银三百两，这是他留学九年的生活费用。

当代中国，移动支付发展迅速。外籍人士要想在中国使用微信、支付宝，快乐买买买，就需要办一张银行卡，进行实名认证，以及给账户充值；想要办理银行卡，就得先有一张中国国内手机卡。简单来说，基本逻辑就是：

手机卡+银行卡+绑定微信/支付宝。

办理手机卡

● 携带护照或外国人永久居留身份证,到中国电信、中国移动、中国联通、中国广电等电信企业的营业厅申请办理手机卡,开通移动通信服务。

办理银行卡

● 携带护照或外国人永久居留身份证、中国手机号到商业银行的营业厅办理。不同商业银行的具体要求会有所差异,办理前可拨打电话向营业厅咨询。

绑定微信、支付宝

手机卡、银行卡办好后,就可以绑定银行卡啦。

1. **绑定微信**

❶ 下载微信应用软件(App);

❷ 新用户,需要用手机号码注册;老用户,如未绑定手机号码,需要绑定手机号码。

❸ 打开微信应用软件—我—服务—钱包—实名认证;填写姓名、性别、证件类型(护照)、证件号、证件有效起止日期、职业、国内地址等相关信息,进行实名认证。

❹ 绑定银行卡:添加银行卡卡号—进行手机短信验证—设置支付密码。

2. **绑定支付宝**

❶ 下载支付宝应用软件;

❷ 打开支付宝应用软件—我的—银行卡—绑定银行卡;

❸ 进行手机短信验证,设置支付密码。

● **在中国生活的省钱小妙招**

① **乘坐公共交通工具**：中国公共交通价格相对便宜，包括地铁、公交车和共享单车等。

② **寻找折扣和优惠**：在购物、用餐和娱乐等时，可以在网上寻找折扣和优惠信息。关注商家促销活动，通过使用优惠券或参与团购等方式，可以节省一些开支。

③ **比较价格**：货比三家，在不同的平台上寻找最优惠的价格。

④ **自己烹饪**：饭馆就餐相对较贵，可尝试自己购买食材并在住处自己烹饪。

⑤ **利用免费的活动场所**：中国有很多免费的活动场所，如公园、博物馆、图书馆等。可以去这些地方来丰富生活，同时节省开支。

⑥ **旅游自由行**：参加旅游团通常会花费一定的费用，如果你有一定的语言和文化背景，可以选择自主旅游。提前计划好行程，查询机票、酒店、景点等信息，这样可以更好地安排时间和预算。

对中国人来说，省钱和花钱一样重要，"花"是一种消费行为，"省"是一种生活态度，该省省，该花花，将钱花在值得的地方，才是理性消费之道。

第8篇

乐业篇

宋奕姝

- ◇ 国籍：韩国
- ◇ 出生年份：1982年
- ◇ 现居住地：景德镇
- ◇ 家庭成员：中国丈夫，一岁半的女儿
- ◇ 现从事职业：艺术家、大学教师
- ◇ 特长：潜水
- ◇ 未来计划：作品在中国"浮出水面"

千年瓷都遇见"海"

文/薛曾蕙 任静

韩国东南方,有一个地方叫庆尚南道,洛东江贯穿道中央南流下海,南海岸散落着大大小小的岛屿。在这里,每个角落都弥漫着海的味道,洒落着海的颜色,回荡着海的声音,就连海的情绪,也浸润在一个女孩的心里。她叫宋奭姝,是在韩国海边城市长大的独立艺术家。

Part 1 陶溪川的《潜水日记》

初见宋奭姝,是在景德镇陶溪川文创街区的国际工作室。她身穿一身黑色连体工作服,袖口沾染了不同颜色的丙烯颜料,齐肩的头发扎得利落,淡淡的妆容看上去格外精致。一百平方米左右的挑高 LOFT(阁楼)工作室,一层用来搞创作,二层用来休息。这是陶溪川·景德镇国际工作室为来自全球各地的艺术家提供的创作交流的硬件之一。

立在墙边上的三连幅,每幅高1.2米、宽1米,远远地看能感受到画面中的斑驳光感,走近了看,竟然会感觉那画上的波光粼粼已经嵌到皮肤上来了。

"我在很小的时候,就非常向往大海。"

毕竟是海边长大的姑娘,宋奕姝在20岁的时候取得了潜水资格证,在接下来的十几年里,潜水成了她最热衷的运动。大海里簇拥出现的鱼群、色彩斑斓的珊瑚和深邃的空间,甚至是海水触碰在皮肤上的感觉,都是她创作灵感的来源。《潜水日记》是她坚持创作了十几年的系列作品。对于她来说,画布上的作品,不过就是潜水过程中的所遇所感,是海底世界的平移,而银箔材料的使用,就是呈现水中体感的最好方式。直到她在中国,遇到了陶瓷……

Part 2 闻名已久 终得相逢

景德镇的历史,可追溯到两千多年前,千年不息的窑火,成就了这座城市独特的陶瓷文化。景德镇的青花瓷,白里泛青,如脂似玉。天然钴料在1300℃高温烧制下,呈现出明静素雅的蓝色,深浅浓淡,变化多端。每一件青花瓷都独一无二,

△ 宋奭姝在陶溪川艺术中心创作青瓷板画

每一件都是"永不凋谢的青花"。

2021年春节，宋奭姝千里迢迢来到中国，直奔江西的这座四线小城，跟在景德镇陶瓷大学教书的中国丈夫团聚。千年瓷都，她早有耳闻，但留下来在这里生活，却是没那么快就能决定的事。当她在这座小城随意漫步时，偶然看到一位当地老人收藏的各式瓷板画，那一瞬间，创作灵感又一次被点燃。她大胆尝试，将惯用的丙烯颜料、银箔附着在瓷板上。斑驳的光感跟青花瓷所呈现的层层叠叠的青绿变幻，让画面更灵动了！传承了千年的传统手工艺，跟当代观念相碰撞，竟擦出了如此美妙的火花。

"青花蓝太适合我对海底瓷板画的创作了！"

宋奕姝沉浸在创作的欣喜中，她觉得，在这里，无论什么样的创意都会被接纳，都有可能变成现实。

青瓷板上的时空交错，为宋奕姝的作品注入了更多内涵，这更坚定了她留在景德镇的决心。陶溪川艺术中心启动"候鸟计划"，向这位在欧美日韩等国家和地区办过独立个展的国际艺术家伸出了橄榄枝。这意味着，宋奕姝将跟来自全球各地的艺术家一起，通过景德镇的窗口，面向国际前沿艺术平台。

陶溪川，是以原国营宇宙瓷厂工业旧址为核心区打造的文创街区，占地197亩、建筑面积8.9万平方米，2018年入选中国工业遗产保护名录第一批名单。走进园区，满眼都是高温烧制的红砖墙，巨大圆柱形的烟囱破墙而出，包豪斯建筑群中弥漫着悠扬奇特的瓷笛声……豪放和浪漫交织在空气中，诉说着年代和沧桑，又彰显着年轻和活力。

2023年，宋奕姝受邀成为陶溪川国际工作室的驻场艺术家。陶溪川国际工作室是陶溪川面向国际为国内外艺术家和设计师提供的驻留之地，至今已跟世界50多个艺术机构和院校保持着深度合作。来自不同国家的艺术家在这里安营扎寨，是因为这里的开放包容，更因为这里提供了当下全球最完备的手工制瓷体系。

驻场创作，就要有新的突破。早上7点出门，晚上忙到天黑，中午在工作室简单煮个面，是她的工作常态。然而对她来说，这些都不重要，重要的是能在景德镇用陶瓷延续创作，而陶溪川的平台为这一切带来了无限可能。

"工作室的空间是免费的，还有材料费和生活费的补贴。"这些优厚政策，很大程度上解决了艺术家们的后顾之忧，让创作变得更纯粹。

2023年，宋奀姝成了景德镇陶瓷大学设计艺术学院的代课老师。2018年博士毕业后，她就曾在韩国一所大学任教，如今重拾教鞭，带着学生们穿梭在各国艺术家的讲座、展览和创作现场，通过跨文化视角，陪伴着中国的大学生成长。

驻场的4个月，宋奀姝创作出20件新作品。在景德镇的日子，她的观念也在悄悄发生着改变。

几年前，宋奀姝曾为日本一家内装公司做定制创作，并跟以生活空间为主题的画廊保持合作。这些经历让她逐渐明白，艺术、生活和家是可以紧密联系在一起的。现在，她正在积极尝试将艺术作品应用到家居和生活用品上。

傍晚时分，斜阳照进工作室，洒在工作台上。桌上摆满了大大小小的瓷板，有的方方正正，有的被切割成异形，有的还没上釉，有的已经贴好材料封胶完成。十几种不同的蓝

1 宋奭姝在创作
2 工作室一角

走近中国

色染料，在瓷盘上已经烧制好的色标条，这一切都是宋奭姝试图将陶瓷融入自己创作的一次次尝试。

采访时，她的作品已经在全国最大的陶瓷博览会——中国景德镇国际陶瓷博览会和2023景德镇国际陶瓷艺术双年展上展出。阳春三月，她会在景德镇最美的季节，在陶溪川美术馆举办自己在中国的第三次个人艺术展。这也是她在上海和南京举办个展之后，将陶瓷融入创作中的崭新呈现。

"九月份还会在景德镇三宝蓬美术馆举办个展。"这样一来，宋奭姝的作品，就在景德镇最重要的两个美术馆都展览过了。"我也很期待！"说到接下来的打算，宋奭姝用这样两个词来表述：期待和挑战。

Part 3 跨越山海 共赴热爱

在离陶溪川文创街区不远的一家当地饭馆，宋奭姝与丈夫高磊坐在门口吃饭。江西菜色重、油浓，口感肥厚，咸鲜兼辣。完全颠覆了宋奭姝清淡饮食体系的赣菜，如今也成了她的家常便饭。

"除了香菜我不习惯吃，其他都很好吃！"

宋奭姝吃着，高磊又夹了一条小黄鱼放到妻子碗里，并细心地把香菜挑出来。他表达爱的方式，似乎就是用细腻的行动照顾她。

说到爱情，两个人不免有些羞涩。2016年，高磊考入日本多摩美术大学读博士研究生，认识了师姐宋奭姝。2020年，两人从校园到婚纱，步入婚姻殿堂。两人交流时，汉语、韩语和日语，还有夹杂的英语，四国语言齐飞。

"文化差异总会存在，但我们的父母都很开明，互相是可以包容的。"

夫妻二人期待接下来一家三口团聚的日子。如今他们已经在景德镇买了房子，工作也都步入正轨，于是他们想着把一岁半的女儿从山西老家接过来，这样每天的生活节奏就更充实了。

女儿叫高奭姝，以你之姓，冠我之名，多美好！

夜幕降临，华灯初上，凤凰山下的陶溪川被灯光勾勒出优美的金色线条。主街区支起了几百个方方正正的摊位，琳琅满目的陶瓷艺术品竟没有两个是相同的。人群中，时不时能听到英语、俄语、西班牙语、阿拉伯语、日语、韩语……这些来自各个国家的声音，也像一片片璀璨的瓷片，在这个由原国营宇宙瓷厂改造而成的造梦空间，呈现出厚重又斑斓的新的景德镇文化。

这里历来就是一座没有围墙的城市。"匠从八方来，器成天下走"，明清时期的景德镇就有很多会馆，它一直以多元社群共融共生为特色。也正是它的包容和开放，让这个内陆城市，吸引了全球各地有着同样梦想的年轻人。有数据统计，景德镇目前已与70多个国家的180多个城市建立了友好关系，超过3万名"景漂"慕名来到景德镇，"洋景漂"最多时有5000多人。

很多"景漂"都曾表达过一个理念：在景德镇，他们能获得一种群体安全感。宋奭姝并不认为自己是"景漂"，她并不缺乏安全感。她的安全感，来自对家人的眷恋和依赖，对未来的期待，这一切，都呈现在了她的瓷板画作上。

海边长大的宋奭姝，在千年瓷都遇见了自己的"海"，那是艺术之海、爱情之海、希望之海。

亚当

- **国籍**：巴勒斯坦
- **出生年份**：1994年
- **现居住地**：济南
- **现从事职业**：自主创业者
- **爱好**：赛车、旅行、交友
- **未来计划**：长居济南

有心长作济南人

文 / 王风强 薛冰洁

来中国,来山东,更确切一点,来济南,亚当是有备而来。

2012年,亚当从巴勒斯坦一所高中毕业,品学兼优的他,那时可以考上全球多所著名高校,但家人早就规划好了他的未来,跟中国企业有着贸易往来的叔叔告诉他:

"中国有着巨大的潜力和机遇,你以后要在那里发展,所以,你到山东大学读书吧……"

带着家族的期望和嘱托,年仅18岁的亚当来到了山东大学,正式成为一名留学生。他知道,他和中国的缘分不止于此,往后余生,他极有可能会在这个东方国度度过。

Part 1 边学习边创业

"在中国做生意,首先要过的就是语言关。就比如采购,你语言不通的话，就需要再找别人来翻译，那么中间沟通可能就存在障碍，所以我必须得学好汉语。"

学好中文，是亚当来中国求学的第一要务。至于选择来济南读书，家人也是经过慎重考虑的。

"山东是孔孟之乡，儒家思想的发源地。了解中国文化，山东是最好的选择之一。另外，山东是海洋大省，大陆海岸线长达 3504.74 千米，港口货物吞吐量世界第一，这一点对于做外贸来说非常有吸引力。"

对亚当来说，学业规划和事业规划相辅相成。入学不久，他迎来了自己的 18 岁生日，这是属于每个人的成人礼，意味着亚当在中国成年了。

相比于其他同学，亚当明显成熟许多。从大二开始，他就一边学习一边创业，首先他瞄向的是教育板块，那个时候，幼儿语言类培训升温，很多父母都希望能将自己的孩子培养成"双语宝宝"。亚当敏锐地抓住了这个机会，2013 年，他联合一些在济南的外国留学生一起创业，一口气开了四家语言类培训学校。学校采用英式教育，通过娱乐给孩子创造语言培训环境。就这样，他淘到了来中国的第一桶金。

创业者不但要思进，更要思退。四年后，培训机构的竞争日趋激烈，陷入一片"红海"。亚当果断抉择，他关掉了

创办的全部培训学校。学校是关了,但是这些外教也失去了工作,怎么办?亚当苦思冥想,想出了两全其美的办法:

"我就开始安排这些外教到各个机构或者单位去上班,也就是说我当了一个中介,不但解决了外教的就业问题,还为一些外贸企业提供了外籍人才。"

无意中,亚当打通了企业和外籍人才信息不对称的痛点,他趁热打铁,在济南钢城区成立了山东中外人才发展有限公司,除了主营职业中介活动外,还经营技术进出口、进出口代理、人力资源服务、劳务服务、教育咨询服务等业务,顺利将事业版图扩大到了教育板块。

成立三年来,亚当的这家公司已经服务了一万多家企业。随着生意圈和朋友圈越来越大,他逐渐接手起巴勒斯坦的家族生意,建筑材料、汽车汽配等生意都做得风生水起。

"我是玩赛车的,2018年海南组织了一项新能源汽车拉力车比赛,200多个赛车手参加,我就是其中一个。通过比赛,我开始了解新能源车,我感觉新能源车红利特别大,机会特别多,我就开始把新能源车推广到中东国家。"

不得不说,亚当的眼光相当不错,他总能适时地捕捉到商机,然后迅速行动。除了事业节节攀升,他的学业也进展顺利,在山东大学(简称"山大")攻读完国际经济与贸易专业本科后，他继续攻读山东师范大学（简称"山师"）世界经济专业的硕士学位，不为别的，就为继续留在济南。

"济南有一种独特的魅力，让你来了便不想再离开。当时本来计划在山大继续读硕士，后来得知需要离开济南，去青岛校区，思虑再三后我觉得山师也是个不错的选择。"

Part 2 难以割舍的济南情缘

亚当为什么对济南有这么深厚的感情？他给我们分享了三个故事。

第一个故事，济南人够厚道。

2012年，从巴勒斯坦来济南求学的他，一出火车站便计划打车，正当他四处环顾时，车站附近的保安竟主动上前服务，这让他颇感意外，"这个小细节让我心情很愉悦"。

坐上出租车，亚当告诉司机他要去山大，"我当时不知道山大在济南有多个校区，司机也不知道我到底要去哪儿，他跟我对话，我也不明白，但通过肢体语言，我大体可以猜到司机是在询问其他人。"亚当认为，如果在别的国家或别的城市，司机可能会计时收费，甚至拒载。但这个司机并没有任何拒绝的意思，带他找了近一个小时，后来司机通过朋友了解到外国人来济南常去的山大校区，并最终将他安全送达。

初来异国他乡，亚当就感受到了家的温暖，这让他心里很踏实。

第二个故事，济南人够仗义。

本科毕业后的假期，亚当准备回巴勒斯坦，在乘飞机离开的当天，他突然发现手头没有现金，再到银行去取已经来不及了。怎么办？无奈之下，亚当拨通了一个朋友的电话。其实这个朋友也不是特别熟，亚当也没有信心能不能得到他的帮助。

"我跟这个朋友其实见面很少。我说，哥，我要回家了，身上没钱了。他说，你需要多少钱？我说，我需要3万块钱。他说，我怎么给你？我说，我现在就要上火车站，然后到北京赶飞机。他说，那我让司机送过去。司机一会儿来了，给我拿了6万块钱……"

接到钱的那一刻，亚当百感交集。他没想到，这位朋友居然这么信任他这个外国人，在明明知道他要离开中国的情况下，不但火速拿钱支援，而且还拿了双倍现金，丝毫不担心他会"一去不回"。

"他还给我发了信息，他说你要回家你就放心回去，你也别考虑那么多，回来再说，这个钱你该怎么花就怎么花。"

"济南人实在、靠谱儿！"亚当由衷地给出了这样的评价。

第三个故事，济南人够温情。

这还得从亚当的一次违反交规说起。2015年，亚当买了一辆摩托车，当时他不知道在中国驾驶摩托车需要有驾驶证，结果无证驾驶时在泉城广场被交警拦下。济南交警可是全国公安战线规范执法的"品牌"，而且拦他的交警刘海洋还是出了名的执法标兵。果然，刘警官严厉批评了他，依法扣车并对他进行了处罚。

事后，刘警官带着他到了车管所，按照程序给他预约了考试，考试合格后，亚当取得了中国的驾驶证。这场特殊的"缘分"，让两人成了好朋友。在刘警官的邀约下，亚当成了交通志愿服务者和公益宣传者，他现身说法，参与各种交通普法宣传活动，帮助更多外国人了解和遵守中国交通法规。

Part 3 有心长作济南人

现在，亚当已经在中国待了12个年头，他的汉语已经相当流利，对中国文化的学习也相当透彻，比如对"好客山东"这个高度概括山东文化、凝练山东旅游形象的品牌标识，他就有着全面的理解：

"山东人好客，喜欢喝酒，尤其是喜欢陪着客人喝酒。但我是穆斯林，我在谈生意的时候，只要解释我不能喝酒的原因，他们就会理解，所以从不劝我喝酒。儒家文化有着很强的包容性。山东人热情归热情，但从不会强迫别人做什么。"

说到这里，亚当还引用了《论语》中说的一句话：己所不欲，勿施于人。他说，这是孔子提出的伦理道德准则，强调人与人之间应相互尊重，不要对别人做他不愿意接受的事情。

除了要把外籍人才引进来，亚当还在做一件重要的事情：推动中国文化走出去。2023年9月4日，贵州茅台与瑞幸咖啡推出的联名咖啡"酱香拿铁"正式开卖，"每一杯都含有贵州茅台酒""年轻人第一杯茅台"等联名营销相关话题迅速上了热搜榜。受此启发，亚当马上创立了一个咖啡品牌，主要受众，就是来中国工作或者创业的外国人。

"我们费了不少心思，通过我们设计的品牌标志（LOGO）孵化山东文化。比如包装上有我个人的形象设计，还有济南的一些文化要素，像大明湖、千佛山等，将咖啡与中国文化相融合，这样就形成了配有国际元素的文创产品，这对宣传山东文化是特别有益的。"

△ 1 亚当和亲友聚餐
　2 亚当和他的生意伙伴合影

亚当告诉我们，在中国，他经常会感受到人们对他释放的善意，比如聚会时，他的朋友会对巴勒斯坦人民在战争中遭受的苦难表示同情。这个春天，他到济南南部山区买了几棵树苗，准备栽到院里，卖树的大爷见他是外国人，就给他优惠了300块钱，后来得知他是巴勒斯坦人，又给他优惠了1000块钱。

亚当动情地说：

"这是感情价，我们两国的友谊是无价的……"

两年前，亚当将家安在了南部山区的一个大院子里，正式做起了"山里人"，办公和生活都在这里。闲暇时，他会和朋友一起驾车到济南老城区，漫步于曲水亭街，踩着石板路，行走在青瓦白墙间。走累了，就在老巷子里泡上一壶茶，一边品茶，一边听泉水叮咚，看人来人往，感受着济南这座千年古城的生活气息，内心吟读着金朝文学家元好问的那句名句：

"日日扁舟藕花里，有心长作济南人。"

专栏 8

乐业指南
外国人来华工作小贴士

文/宋斐

如果可以穿越时空，在一个热闹的节日里，置身大唐长安城内，你一定会惊讶：这真是一个国际化的大都市！卖胡食的、跳胡舞的、奏胡乐的，一张张外国面孔，令人应接不暇。再看市集之中，有波斯商人带来的玻璃器皿、金银饰品，有阿拉伯商人带来的香料、药材，还有拜占庭商人带来的玉石、翡翠，短衣、长裤、革靴搭配的胡服更是唐朝"时尚人士"的潮流选择。

有这样一个统计，盛唐时期，长安城内居住人口超过了100万，其中外国人占了5%，达到5万人之多。那么，这些外国人来到中国，除了贸易经商，还能从事些什么工作呢？如果翻看一下历史，我们会发现，有不少外国人竟然在中国朝廷里"上班"，当上了"公务员"。比如，有个叫阿倍仲麻吕的日本遣唐使，19岁历尽千辛万苦到达长安，每日埋头苦读，在几年后参加科举考试高中进士，之后一直在唐朝为官，最高官至安南都护。

那么，现在，外国人来中国后，大都在从事什么工作呢？根据外籍招聘网平台的数据显示，外国人在中国求职比例最高的是外教岗位，其次是从事互联网、金融、创意设计等行业。

作为一个外国人，如果你想来中国工作，也需要提前做一些准备，比如申请《外国人工作许可通知》，办理工作签证等。

● 贴士1

外国人在中国境内工作应当取得工作许可。来华工作90日(含90日)以下的,持《外国人工作许可通知》向中国驻外使(领)馆申请Z字签证,按照签证标注的时间在华工作。来华工作90日以上的,持《外国人工作许可通知》向中国驻外使(领)馆申请Z字签证,入境后30日内向工作单位所在地外国人来华工作管理部门申领外国人工作许可证,按照标注的有效期在华工作。

● 贴士2

中国目前将来华工作外国人分为三类,按标准实行分类管理。

❶ 外国高端人才(A类)是指符合"高精尖缺"和市场需求导向,中国经济社会发展需要的科学家、科技领军人才、国际企业家、专门特殊人才等,以及符合计点积分外国人高端人才标准的人才。

❷ 外国专业人才(B类)是指符合外国人来华工作指导目录和岗位需求,属于经济社会发展急需的人才。主要包括:具有学士及以上学位和2年及以上相关工作经历的外国专业人才;持有国际通用职业技能资格证书或急需紧缺的技能型人才;满足一定学历和工作经历要求的外国语言教学人员;平均工资收入不低于本地区上年度社会平均工资收入4倍的外籍人才;符合国家有关部门规定的专门人员和实施项目的人员;计点积分在60分以上的专业人才。

❸ 外国普通人员(C类)是指满足国内劳动力市场需求,从事符合国家政策规定的临时性、季节性、非技术性或服务型工作。

● **或许你会关心的两个问题**

第一,来华工作的外国人可以参加社会保险吗?

完全可以。由用人单位提供外籍员工本人有效护照、就业证件(外国人工作许可证或外国专家证、外国常驻记者证等),以及劳动合同或派遣合同等证明材料,到用人单位参保所在地经办机构办理社会保险登记手续即可。以养老保险为例,累计缴费满15年以上,达到中国法定退休年龄的外籍员工，就可以在中国养老，按月领取养老金。

第二，外国人来华工作是否可带家属？

家属可随行。随行家属包括配偶、未年满18周岁的子女、父母及配偶父母，兄弟姐妹不能作为随行家属来华。另外，符合在华工作条件的随行家属还可以在境内申请来华工作许可。

根据2020年11月1日零时第七次全国人口普查的数据，除港澳台以外，共有845697名外籍人员在中国居住，最受外籍人士青睐的城市有上海、北京、广州和青岛等。

此外，还有一座小城，也吸引着全球各地商人的目光，这就是被称为"世界小商品之都"的浙江义乌。

义乌市约有常住人口190.3万人，其中常住外商2.1万人。如今的"一带一路"带来了新的贸易机会，义乌小商品的输出通道，继续向全球延展。

距义乌国际商贸城较近的鸡鸣山社区居住着来自74个国家和地区的近2000位外籍人士，被称为"联合国社区"。在这里居住的"洋居民"多数能说一口流利的中文，他们通过参与社区巡逻、文明劝导、纠纷调解等志愿服务，可获得积分，积分不仅可以兑换汉语培训课程，还可以兑换成洗车券、洗衣券等。因为这样的社区活动不断推出，义乌还涌现出了一支又一支国际志愿者队伍："外事先锋"志愿服务队现有来自韩国、意大利、伊朗等10多个国家（地区）的"洋志愿者"，累计开展服务1万余人次；义乌首个外籍税收志愿者团队"蓝雁"由来自10多个国家（地区）的30多名常驻义乌的外商组成；义乌国际消防志愿者现有外籍消防志愿者400多名。越来越多的外国人在义乌安居乐业，他们在这里找到了幸福的归属感。